Le LIVRE de POCHE

Jeunesse

CE JEUDI D'OCTOBRE

ANNA-GRETA WINBERG

CE JEUDI D'OCTOBRE

Traduction de E. Vincent

HACHETTE Jeunesse

Cet ouvrage a paru en Suède sous le titre
NAR NAGON BARA STICKER
aux Éditions Ab Rabén & Sjögren, Stockholm

1

Un jeudi d'octobre

Dès la première ligne, je vous avertis : il s'agit d'une « catastrophe ». Autant le savoir tout de suite, n'est-ce pas ?

— Une « catastrophe », c'est quoi ? s'est informé mon petit frère Steffe qui n'avait jamais entendu ce mot.

Tout le monde ne peut pas le savoir, bien sûr, mais des catastrophes, il y en a de toutes sortes et ce ne sont pas les mêmes pour tous.

Ainsi, quand une danseuse se tord le poignet, c'est une catastrophe pour elle. Pour moi ce serait une bénédiction, un jour de composition surtout. Un clown qui ne ferait rire personne serait une catastrophe ; mais si j'entends les autres ricaner dans mon dos quand le professeur m'interroge, je suis catastrophée.

Et si, un jour, quelqu'un que vous aimez fort, très fort, boucle sa valise et s'en va... comme ça, simplement, c'est « la catastrophe », la vraie, celle dont je vais parler.

En pareil cas, vous pleurez comme une Madeleine. Et puis, brusquement, un disque, un film à la télévision, et vous oubliez le drame. Oh ! Un instant seulement !

Car une véritable catastrophe ne s'oublie pas si facilement. Elle s'atténue, se surmonte, évidemment. La vie continue. Sinon, je n'aurais pas survécu et je ne serais pas là pour raconter mon histoire. Mais si les quelques pages suivantes vous donnent parfois envie de pleurer, ne venez pas me le reprocher. Je vous ai prévenus.

Je m'appelle Madde, l'ai-je déjà dit ? Un raccourci de Madeleine naturellement. À l'école, seul le directeur m'appelle par mon nom entier.

J'ai treize ans depuis une éternité, et il me semble que jamais le jour de mes quatorze ans n'arrivera. Mam, c'est-à-dire Maman, prétend que j'en parais quinze, ce qui me comble de joie pendant une demi-heure au moins.

La catastrophe dont il est question s'est abattue sur moi un jeudi, vers la fin d'octobre. Comment ? Je ne m'en souviens plus exactement : il en est ainsi, je pense, de bien des catastrophes. Avant, on ne se doute de rien, et après, on ne sait plus au juste comment c'était avant.

C'était donc un jeudi, j'en suis presque sûre. Nous avions eu anglais en dernière heure, avec Please. Je m'explique : Please, ou plutôt Mme Sternberg, est notre professeur principal :

« Keep your mouthes please... », répète-t-elle en traînant sur le « i » de plea... ea... se. D'où le surnom.

Pas méchante au fond. Quand Boss et sa bande la font enrager, elle pince les lèvres et se tait. Même le jour où le chahut a dépassé les bornes : toute la classe chantait, hurlait, sifflait, et Please ne disait rien. J'en étais malade ! Je déteste que l'on chahute un prof et j'essaie de ne pas participer, mais c'est difficile. Quand Boss et ses copains sont déchaînés, je suis le mouvement et je finis par crier aussi fort que les autres.

Après, je le regrette, et Please me fait de la peine. Pourtant, le lendemain, elle sourit comme si de rien n'était. Alors, pourquoi s'en faire ?

Boss est difficile à vivre, nous le savons tous. Son père, qui est toujours entre deux vins, rosse souvent sa femme et ses enfants ; la police est déjà venue plusieurs fois chez eux. La mère de Boss jure alors ses grands dieux que son mari s'améliore : « Il ne ferait pas de mal à une mouche », dit-elle.

Je sais tout cela par Marie qui habite près de chez eux.

— Si j'avais épousé un homme pareil, ou s'il était

mon père, il y a longtemps que je serais partie en claquant la porte, ai-je dit un jour à Mam.

Elle m'a regardée gravement, l'air pensif :

— Abandonner les malades ou les malheureux ne les rend ni meilleurs, ni plus heureux, tu dois le comprendre, m'a-t-elle répondu.

Possible ! Mais à franchement parler, plus on grandit, plus la vie devient compliquée, je m'en aperçois tous les jours.

« Quatorze ans est un âge difficile, je le sais par expérience, nous a dit Please un jour. On se sent à la fois content et triste, heureux et malheureux. Rien ne paraît clair, ni en soi, ni chez les autres. »

Les yeux fermés, j'ai cherché à me représenter Please à quatorze ans, tant et si bien que j'ai fini par pouffer. Et j'ai senti peser sur moi le regard à la fois triste et désapprobateur que les adultes réservent aux petites sottes de mon espèce.

Le jour de la « catastrophe », je rentrais avec Cessi, ma meilleure amie, Cecilia de son vrai nom, dont personne ne se sert. Personne, sauf, une fois, un jeune stagiaire, qui avait appelé à trois ou quatre reprises « Cecilia » avant que Cessi ait compris qu'il s'adressait à elle. Nous avions bien ri !

Nous habitons assez loin du centre de la ville, une quinzaine de stations de métro à partir de la tête de ligne, et l'école est encore deux stations plus loin.

L'an dernier, nous faisions le trajet avec nos bicyclettes, mais on nous les a volées, et depuis, il est interdit de garer des vélos devant l'école. Nous avons des cartes hebdomadaires de transport et prenons régulièrement le métro. À la sortie, on passe devant un kiosque qui vend des gâteaux à la noix de coco.

J'adore les gâteaux. Un jour, j'en ai acheté trois et je les ai tous mangés en chemin. Bien sûr, je l'ai regretté après. Dans l'ascenseur, je me serais battue.

Pourquoi tout ce qu'on aime vous fait-il grossir, je vous le demande ? Les tartes à la frangipane, les meringues à la crème fouettée, sans parler d'une platée de pommes de terre arrosées de jus de viande.

« J'espère qu'en dehors de chez toi tu te modères un peu », avait un jour observé Mam, considérant mon assiette pleine. Non que je sois particulièrement grosse, mais je pourrais être plus mince. Comme Cessi, par exemple.

Revenons à ma catastrophe. Je rentrais donc à la maison avec Cessi : elle habite à trois blocs de chez moi. Nous n'en finissons jamais de nous dire au revoir et promettons de nous téléphoner dès la dernière bouchée avalée. Ou encore de nous retrouver le soir, à la maison en général parce que j'ai une chambre pour moi seule. Cessi partage la sienne avec sa petite sœur, une gamine insupportable, horriblement gâtée, qui pleurniche et boude pour un rien.

Steffe, ce jour-là, avait, je crois, ramené un copain, à moins qu'il n'ait bricolé ses modèles réduits ou son vieux poste tout démoli. Il ramasse chez les voisins tous les appareils et les vieilles montres hors d'usage, et il les rafistole comme il peut. L'extraordinaire est qu'il arrive à tout remettre en marche. Les gens alors s'exclament : « Fantastique ! Ce petit est vraiment doué ! »

Steffe a neuf ans. Il s'appelle Stéphane de son vrai nom. Mais on ne s'en sert que dans les cas extrêmes. Pour le faire rentrer à l'heure du repas ou du coucher.

« Sté-pha-ne... », crie Mam du haut du balcon jusqu'à ce qu'il arrive, furieux. Si elle appelait Steffe, tout simplement, il ne viendrait pas.

Mam était à la maison ce jeudi. Elle est toujours là quand nous rentrons de classe. Mais plus tard, vers cinq heures, elle s'en va. Mam est actrice de son métier et nous trouvons ça formidable. Mais, pour Steffe et moi, elle reste Mam. Il en est ainsi depuis toujours. Le matin, quand nous partons pour l'école, elle dort et, le soir, elle est au théâtre. Mais Pap est là.

— Qu'y a-t-il d'extraordinaire à cela ? ai-je souvent demandé, un peu gênée par la mine des autres et leurs questions.

— C'est vrai ? Ta mère est actrice ? Ce doit être fantastique !

Non, moi je ne trouve pas.

Et pourtant, quand je compare Mam aux autres mamans, il y a une différence. Les mères, en général, tiennent absolument à ce qu'on rentre à une heure donnée. Il ne faut pas traîner dans les rues, ni sortir le soir, et aussi veiller à sa tenue, choisir ses relations...

Mam ne s'occupe pas de ces détails. Les autres

femmes s'agitent, s'énervent, gémissent : « Je n'en peux plus ! J'ai du travail par-dessus la tête... Pas le temps d'écouter tes histoires, mon petit... »

« Naturellement, j'ai le temps, dit Mam. Le temps, ça ne compte pas tellement. »

Rien qu'au son de sa voix, vous sentez qu'elle a raison.

Mam circule, en général, pieds nus dans l'appartement. Elle enfile sa vieille robe de chambre de velours bleu, usée aux coudes. Ses cheveux noirs – ou plutôt châtain foncé quand elle vient de les laver –, coupés court, la coiffent d'une sorte de casque jusqu'aux yeux. Elle a toujours les mains chaudes, ce qui est important. J'ai horreur des grandes personnes aux mains glacées.

Le rire de Mam est communicatif. Il part du fond d'elle-même et, auparavant, les coins de sa bouche se mettent à trembler. Le rire alors fuse, éclate, emplit la pièce et nous sommes tous obligés de rire avec elle.

Bien sûr, Mam est triste quelquefois. Sa figure alors se rétrécit, devient toute menue, mince, figée. Elle essaie de paraître naturelle, mais rien qu'au son de sa voix, chacun sent que tout va mal.

« Aujourd'hui, je me suis levée du mauvais pied, dit-elle, ma bonne humeur est au fond de mes bottes et la fermeture Éclair est coincée. »

« Chacun a le droit d'être mal disposé de temps à autre », explique-t-elle.

C'est pourquoi elle admet très bien que je puisse

moi aussi avoir parfois ma bonne humeur au fond de mes bottes.

La mère de Cessi, au contraire, lui serine à tout bout de champ qu'elle a bien de la chance d'être jeune, que c'est le meilleur moment de sa vie, l'âge le plus heureux.

Mam n'est pas une actrice célèbre. Jamais elle n'a obtenu un premier rôle au théâtre où elle est engagée. En général, elle joue l'amie, la sœur ou la bonne de la vedette. Mais peu importe ! C'est passionnant de la voir sur scène. Passionnant et terrible à la fois ! Quand elle apparaît, tout danse devant mes yeux, je transpire et je me ronge les ongles. Je ne donnerais pas ma place pour un empire.

Si je m'éveille au milieu de la nuit, j'aperçois de la lumière dans la cuisine. Mam est assise, un sandwich à la main, devant la radio, les jambes étendues. Elle paraît fatiguée, mais calme, souriante même. Pap est là souvent et c'est bon de se rendormir en écoutant le murmure de leurs voix.

Il est vraiment très difficile de parler de tous ceux qui sont mêlés à cette catastrophe, de les situer et de trouver sa place au milieu d'eux. C'est long et plutôt ennuyeux à raconter. Quand je prends un livre, je veux, dès les premières pages, être plongée dans l'histoire. Je déteste les descriptions de lieux et de personnages. Un peu de patience : d'ici deux à trois pages j'en aurai fini. Pour comprendre la suite, il faut savoir comment c'était avant, n'est-ce pas ?

« Tout ce qui est nouveau amène un changement en toi », dit souvent Mam.

Peut-être changerez-vous d'opinion à la fin de ce livre. En tout cas, il vous aidera à mieux comprendre ce qu'il est parfois difficile d'admettre au début. Sait-on jamais ! comme disent les grandes personnes.

Pap n'est jamais là quand je rentre de l'école. Il est chef de service dans une grande entreprise et fait souvent des heures supplémentaires. Nous restons alors seuls, Steffe et moi, pendant que Mam est au théâtre.

Après tout, cela n'a rien d'extraordinaire, quoi qu'en pensent les gens. À mon avis, ils feraient mieux de s'occuper de leurs affaires sans se mêler de celles des autres. Et surtout, ils devraient admettre que chacun est libre de mener sa vie comme il l'entend.

Pap et Mam se connaissent depuis l'enfance. Sur toutes les photos scolaires on les voit à côté l'un de l'autre. Voilà qui ne m'arrivera jamais ! Épouser un garçon de ma classe, quelle horreur !

Pap est plus sérieux que Mam. Plus ordonné aussi. « Quand atteindras-tu l'âge de raison ? » lui dit-il souvent et, dans ce cas, j'observe Mam. Elle est une grande personne, bien sûr. Mais je comprends un peu ce que veut dire Pap.

En tant que père, Pap est parfait, solide comme un roc. Assis dans son grand fauteuil vert (quand il est à la maison, naturellement), il vous écoute avec tellement d'attention et d'intérêt qu'on se sent tout réconforté et gonflé d'importance.

Le matin, j'ai toujours vu Pap levé le premier, qui préparait le petit déjeuner. Car à cette heure, Mam, enfouie sous ses couvertures, dort du sommeil du juste. Elle ne peut pas se réveiller de bonne heure, puisqu'elle travaille tard le soir. Les gens trouvent drôle que Pap s'occupe de la cuisine pendant que Mam dort. Je n'arrive pas à comprendre pourquoi. Il me paraît infiniment plus anormal d'obliger les gens à se lever de bonne heure le matin, quand il fait froid et qu'on est si bien dans son lit.

Pap n'est jamais de mauvaise humeur. Fatigué ou soucieux, oui, parfois. Il s'endort le soir dans son fauteuil et son journal glisse à terre. Je le trouve alors pâle, maigre, l'air malade.

Mam, au contraire, pique de ces colères ! Pas souvent, mais on les sent passer. Ainsi, le jour où toutes ces dames de l'immeuble, réunies dans la grande buanderie, avaient organisé un meeting pour protester contre la construction d'un home pour enfants arriérés, en face du terrain de jeux.

Mam, juchée sur un seau renversé, avait clamé qu'il leur suffisait de se regarder dans la glace pour voir à quoi ressemblaient de véritables arriérés. Remontée chez nous, elle fulminait encore.

— Je n'en peux plus, mon dos est rouge de colère. Tiens, regarde, avait-elle dit.

Et j'avais tiré sur la fermeture Éclair pour voir. Sa peau était blanche et lisse. Nous avons éclaté de rire, mais elle avait encore des larmes dans les yeux.

Moi aussi je rage, surtout quand il ne faut pas, ce qui n'arrange rien. Dans ce cas, je cours me réfugier dans ma chambre, je me jette sur mon lit et je dis tous les vilains mots que je connais. Après quoi, épuisée, j'ai envie de dormir.

C'est alors que Mam arrive, un bon verre de jus d'orange glacé à la main ; elle le dépose sur la petite table auprès de mon lit.

— Je t'aime beaucoup, malgré tout, penses-y, dit-elle avant de s'en aller.

Mais elle laisse toujours la porte entrouverte pour me permettre de sortir doucement sans que personne l'entende.

Franchement, Mam est sensationnelle et Pap très bien aussi. Sauf qu'il n'arrive pas à comprendre pourquoi les enfants ne sont pas toujours gais, heureux, insouciants.

— Vous êtes trop gâtés, dit-il.

Revenons à ce malheureux jeudi. Rentrée dans ma chambre, j'avais, comme d'habitude, ouvert la radio à plein régime. La musique emplissait la pièce. J'adore ce bruit ; les yeux fermés, je me laisse aller, je tourne, je danse, grisée de musique.

Pap est entré, l'air sombre comme si, vraiment, il souffrait. Il est resté debout sans rien dire et, naturellement, j'ai fermé le poste pour savoir ce qu'il voulait.

— Tu aimes vraiment ce vacarme, mon petit ? a-t-il soupiré.

Que répondre ? J'ai haussé les épaules simplement, et il est parti.

Les grandes personnes sont, en général, très sensibles au bruit, je le sais. Cessi est obligée de baisser sa radio au point de ne presque plus l'entendre, sinon cela rend ses parents fous. C'est pourquoi elle s'est acheté un casque à écouteurs.

Mam, au contraire, s'installe à côté de moi et me parle avec force gestes, en riant, si bien que je tourne le bouton pour entendre ce qu'elle me dit :

— Tu as besoin de moi ? J'ai cru que tu m'appelais, déclare-t-elle d'un air innocent.

Pour vous mettre en boîte, Mam n'a pas sa pareille. Vous voyez ce que je veux dire.

Et nous voici arrivés à l'heure même de la catastrophe !

Je me souviens que, ce jour-là, Mam avait crié, à travers la porte, qu'elle partait plus tôt que d'habitude, avant le retour de Pap, et que je serais gentille de mettre des spaghetti à cuire pour le dîner.

Mam partie, Pap était arrivé. Après m'avoir embrassée, il avait passé la main dans les cheveux de Steffe. J'étais en train de plonger les spaghetti dans l'eau bouillante, tout en me jurant à part moi que j'allais manger des pâtes pour la dernière fois de ma vie. Parce que j'adore les spaghetti ; malheureusement, ils font grossir, ils sont bourrés de calories. Adieu donc, les spaghetti. Jamais plus. Promis. Juré !

Serment d'ivrogne, que je ne tiendrai pas plus que

les précédents. De la salade. À l'avenir, je me nourrirai de salade.

— Chacun mange ce qui lui plaît ! a déclaré un jour Mam devant une platée de macaroni.

Elle n'en devient pas plus grosse pour ça.

— Parfaitement, a renchéri Pap avec un regard approbateur sur mon assiette.

Il a dit ça pour me faire plaisir, naturellement. Mais je veux devenir mince, fine, légère, et je ferai ce qu'il faut pour y parvenir.

« Chez nous, en Suède, la vie est si facile que le confort, les loisirs et le superflu restent nos seules préoccupations, affirme Please. C'est mal, coupable même, si l'on songe à la misère d'autres peuples. »

D'accord ! Nous le savons tous : la guerre, la faim, les pays sous-développés, c'est abominable ! Mais j'ai tout de même le droit de maigrir si ça me plaît et de soupirer après mes quatorze ans. Vous ne pouvez pas passer votre temps à pleurer sur les malheurs des autres. Il est bien normal de penser un peu à soi.

Ce jeudi, l'appartement était plus silencieux que d'habitude. Pap ne disait rien. Quand j'essaie ainsi de me souvenir, j'ai envie de pleurer.

Steffe seul parlait, de ses copains, de la classe, d'une bataille et Dieu sait quoi encore. La bouche pleine, naturellement. À l'entendre bafouiller, crachoter, je l'aurais pilé. Un gamin qui se bourre et qui enfourne comme il peut ses spaghetti, je ne connais rien de pire.

Au contraire, j'aime bien mon petit frère quand il rit et vient se glisser sous mes couvertures, le soir.

Après le dîner, j'ai lavé la vaisselle et Pap l'a rangée. Ensuite, il nous a demandé de le suivre dans la salle de séjour. Il avait à nous parler.

« La catastrophe ! »

Nous étions dans la salle de séjour, Pap dans son fauteuil vert, Steffe vautré sur le canapé, et moi, dans un petit coin, les jambes allongées sur une chaise.

J'avais peur, sans savoir pourquoi, une peur affreuse. Froid aussi.

— Oui..., a commencé Pap lentement, tout en curant machinalement sa pipe... Oui, eh bien voilà : d'un commun accord, nous avons décidé, Maman et moi, de nous séparer. Alors, je m'en vais demain.

Un silence de mort a suivi cette annonce. Steffe a cessé de danser sur son canapé : les yeux fixes, il regardait Pap. Et puis, il s'est jeté contre lui en pleurant à gros sanglots.

J'étais assise, toute raide, les yeux baissés, parce que je ne pouvais pas rencontrer le regard de Pap. Les joues brûlantes, je frissonnais. Je détestais Steffe qui ne faisait que hurler et trépigner.

— Pourquoi ? ai-je demandé, les lèvres sèches. Mais pourquoi ?

Pap avait pris Steffe sur ses genoux et le câlinait. Par chance, j'étais loin de lui, je n'aurais pas pu supporter qu'il me touche ou m'embrasse. Je me serais sauvée, loin, n'importe où.

« Ce n'est pas vrai... pas vrai... pas vrai ! » me répétais-je intérieurement.

— Difficile de vous l'expliquer maintenant, a repris Pap d'une voix mal assurée. Vous comprendrez peu à peu, plus tard. Nous ne sommes pas fâchés, Maman et moi. Pas du tout. Simplement nous sommes tombés d'accord tous les deux pour estimer qu'il valait mieux nous séparer. C'est la meilleure solution.

Steffe avait cessé de pleurer pour mieux écouter les explications de Pap : « Nous sommes d'accord, Maman et moi !... La meilleure solution... » Sans même nous demander notre avis, à Steffe et à moi. Comme si nous étions des pions, des meubles que l'on case où ils dérangent le moins. Nous aurions peut-être trouvé une « meilleure solution », nous !

— Ah ! Vraiment..., ai-je marmonné, incapable d'en dire davantage.

— Nous continuerons à nous voir tous les quatre, nous restons bons amis, avait poursuivi Pap.

Sur quoi Steffe s'était remis à hurler. Exaspérée, je l'ai pincé vigoureusement.

— Ferme-la, ai-je crié. Assez. Tais-toi !

Pap a voulu me prendre la main, mais je l'ai retirée vivement. J'ai compris alors qu'il souffrait. Ce n'était plus Pap, mais un étranger... un homme qui avait peur, comme Steffe et comme moi. Les parents ne doivent pas avoir peur, jamais. Sinon, que deviendrions-nous ?

— Mais pourquoi ? Pourquoi ? ai-je répété dans le

vague espoir qu'il allait se mettre à rire et dire que c'était une blague.

— Écoute, a soupiré Pap d'un ton las, nous en parlerons mieux demain quand vous vous serez un peu habitués à cette idée. Je pensais que nous pourrions en discuter tranquillement ce soir, mais je crois qu'il est préférable d'attendre demain.

Demain ? Demain, il s'en allait. C'était du moins ce qu'il nous avait dit. À moins que ce ne fût réellement une plaisanterie. Dans ce cas, ce n'était pas la peine d'en reparler. Et pourquoi Mam n'était-elle pas à la maison pour tout arranger ? Car on peut dire de Mam ce qu'on voudra, mais les histoires et les complications, ce n'est pas son genre.

« Du calme et de la réflexion », dit-elle toujours en soufflant la fumée de sa cigarette. Après quoi, tout s'aplanit et se règle.

Mam n'était pas là. Je lui en voulais de s'être ainsi dérobée. D'avoir fui devant les pleurs de Steffe, devant le visage inconnu et la voix étrangère de Pap. Caractéristique de sa part. Oh ! Comme je lui en voulais !

Plus tard, j'ai su qu'ils avaient décidé ensemble que Pap seul nous mettrait au courant. Je me souviens seulement avoir regagné ma chambre et être restée dans le noir après avoir soigneusement fermé la porte. J'avais froid, mes mains tremblaient. J'ai tourné le bouton de ma radio, mais je n'ai pas pu supporter le bruit de la musique et j'ai fermé le poste.

J'avais un devoir d'anglais et un exercice de maths

pour le lendemain. Je le savais, mais comment songer à la classe ? Rien ne m'intéressait plus, ni les leçons, ni les devoirs. Plus d'école, de camarades, de rires. Ne voir personne, ne plus dire un mot... Seule dans l'obscurité, le monde autour de moi n'était que vide et silence.

« Ce n'est pas vrai, pas vrai », me répétais-je couchée sur mon lit, la tête enfoncée dans l'oreiller.

J'avais envie d'appeler Cessi pour tout lui raconter et, en même temps, je ne voulais parler à personne.

J'étais là allongée, brisée, les mains crispées sur mon oreiller, tandis que Pap et Steffe causaient tranquillement, j'entendais le murmure de leurs voix. Tout paraissait calme, paisible comme d'habitude et, à nouveau, j'avais le sentiment qu'il s'agissait d'une mauvaise plaisanterie. Parce que les parents eux-mêmes n'ont pas le droit de faire ce qui leur plaît, sans s'inquiéter des autres, n'est-ce pas ? À moins que...

La porte s'est ouverte. Pap est entré.

Je me sentais raide et dure comme un bloc de bois. Il s'est assis au bord du lit et m'a caressé les cheveux, lentement, à sa manière, sans rien dire. Je voulais l'interroger, lui poser un tas de questions. Et puis les larmes sont venues, elles coulaient, coulaient sur l'oreiller. C'est drôle, un oreiller trempé !

— Steffe s'est endormi, nous allons pouvoir parler tranquillement..., a commencé Pap.

Sans répondre, je me suis retournée contre le mur.

— Je ne veux plus te parler, ai-je dit d'une voix rauque.

— Voyons, Madde, ma petite chérie..., a-t-il murmuré, ce qui m'a fait pleurer encore plus fort.

— Je ne veux rien entendre et je ne veux plus te voir. Va-t'en ! C'est ma chambre et j'ai le droit d'y rester seule, ai-je sangloté, me cachant sous les couvertures, si bien que je pouvais à peine respirer.

Pap est sorti et ma chambre, alors, est devenue énorme, vide, silencieuse. Je me sentais seule, perdue, désemparée. Je ne comprenais plus. Il y a toujours des parents, c'est indispensable. On ne peut pas s'en passer. Bien sûr, ils sont difficiles, impossibles souvent. Mais ils doivent être là, tout près, quand on a besoin d'eux.

Se séparer, s'en aller ? Comme ça ! Tout d'un coup. Et où ira-t-il ? Va-t-il disparaître pour toujours ? Je ne pouvais m'empêcher de penser à l'oncle et à la tante de Cessi qui avaient divorcé et se détestaient. Les enfants n'avaient pas le droit de voir leur père, sinon leur mère menaçait de se tuer. Horrible ! Les enfants ne savaient plus où ils en étaient et les parents n'avaient pas l'air de s'en apercevoir. Ils ne pensaient qu'à eux.

Mam et Pap ne se détestaient pas. Non, ce n'était pas possible. Jamais ! J'essayais de rappeler mes souvenirs. Que s'était-il passé ces derniers temps ? Mais non, tout marchait bien, normalement. En tout cas, je ne m'étais aperçue de rien. Et pourtant ! Ils avaient pris leur décision « d'un commun accord ».

Un peu plus tard, je me glissai dans la chambre de Steffe pour lui parler. Il dormait comme un plomb, la bouche ouverte, son Teddy dans les bras. Pour la première fois de ma vie, j'ai souhaité redevenir petite, toute petite, pour ne pas comprendre et dormir en paix.

Quand Mam est rentrée du théâtre, j'étais éveillée, ramassée dans mon lit, serrant mon oreiller entre mes bras. J'avais tellement pleuré que je n'en pouvais plus.

Chez nous, la porte d'entrée n'est jamais fermée à clé, aussi ai-je simplement entendu Mam qui l'ouvrait doucement et ôtait ses souliers dans le couloir... Pap lui a parlé, commme d'habitude d'une voix calme, tranquille. Ils ont échangé quelques mots.

Et puis, j'ai vu Mam sur le pas de ma porte, éclairée par la lumière qui venait de la cuisine. Une mèche de cheveux lui barrait l'oreille. Elle est entrée et s'est approchée de moi. J'ai senti sur elle l'odeur du théâtre. J'aime cette odeur, elle me fait penser à tous les soirs où Mam est venue m'embrasser et me recouvrir quand j'avais trop bougé dans mon lit.

Sans me toucher, ni prononcer un mot, elle est restée debout, immobile, les yeux dans le vague. Peut-être s'est-elle assise ensuite, je ne m'en souviens plus, je m'étais caché le visage sous mon drap.

— Merci de ce beau cadeau, ai-je murmuré, la gorge serrée.

Et les larmes sont revenues.

— Mon petit moineau chéri, a dit Maman.

Elle ne m'appelle ainsi que dans les cas graves : une maladie, une mauvaise note ou un blâme à l'école.

— Vois-tu, a-t-elle repris à voix basse, en ce moment nous ressentons cela comme une véritable catastrophe. Mais il faut se ressaisir, chercher à comprendre, en parler librement, à fond. Pas tout de suite, mais bientôt. Et surtout, ne pas juger, avoir de l'indulgence et de la compréhension les uns pour les autres. Sinon, ce serait vraiment une catastrophe. Et ce n'est pas ainsi que nous le prenons. Pas dans cet esprit.

Cet esprit ? Quel esprit ?

Mam parlait avec un calme surprenant, à croire que cela ne la concernait pas directement. Était-elle triste ? Avait-elle du chagrin, ou non ? Avant de me quitter, elle m'a bordée dans mon lit et s'est baissée pour m'embrasser. J'ai jeté mes bras autour de son cou, je me suis serrée contre elle et j'ai senti, alors, qu'elle pleurait. Son visage était humide et chaud.

Si elle tombait malade après le départ de Pap ? Tout était de sa faute, à lui, décidai-je à part moi.

Mam est sortie en laissant la porte entrouverte, et j'ai de nouveau entendu leurs deux voix. Non, vraiment, je n'y comprenais rien ! Curieusement, je me suis endormie presque tout de suite.

Oui, voilà comment cela s'est passé, un certain jeudi

d'octobre, le jour où Mam et Pap ont décidé « d'un commun accord » de se séparer.

Une catastrophe pour moi. Pour nous. Comment ne le comprenaient-ils pas ?

Était-ce moi, peut-être, qui ne comprenais pas ?

2

L'aveu à Cessi

Le lendemain, rien n'avait changé. Le réveil a sonné comme d'habitude, j'ai pressé le bouton et je me suis retournée contre le mur pour me rendormir. Pap est entré, a tiré les couvertures et m'a chatouillée dans le cou, comme tous les matins.

— Debout, marmotte ! Il est sept heures, a-t-il dit avant de disparaître.

J'ai entendu sa voix et celle de Steffe dans la cuisine et j'ai fini par sortir du lit.

Naturellement, je me suis demandé quel jour nous étions, au réveil je ne le sais jamais. Vendredi ! Chic alors ! La fin de la semaine. Quelques heures de classe et ensuite deux jours de vacances. Hourra !

Bienheureuse Mam qui pouvait dormir tout à son

aise. « Elle en a de la chance ! » ai-je pensé avec un soupir tout en me dirigeant vers la salle de bain. Malheureusement, au passage, j'ai jeté par hasard, tout à fait par hasard, un coup d'œil dans l'entrée. Et là j'ai vu, dans un coin, la grande valise noire de Pap.

Une fois de plus, la catastrophe a fondu sur moi. Comment avais-je pu l'oublier ? Voilà ce qui arrive quand on dort. Vous plongez dans le sommeil et, le lendemain, il faut laisser aux souvenirs le temps de remonter à la surface.

« Ce n'est pas vrai, pas vrai, pas vrai », ne cessais-je de me répéter sous la douche ; et après, en me brossant les dents. Un dernier coup de peigne, une grimace à mon visage dans la glace et je suis entrée dans la cuisine. Steffe, attablé, balançait les jambes et mâchonnait une tartine, son bol de cacao devant lui.

Péniblement, j'essayai d'avaler quelques bouchées. Rien ne descendait, pas même le thé. Pap n'était pas assis entre nous comme d'habitude. Debout devant la fenêtre, il regardait au-dehors.

« Ce n'est pas vrai..., pas vrai..., pas vrai ! »

— Bon ! Eh bien, je file. Salut ! ai-je dit le moment venu.

L' « au revoir » de Pap était exactement le même que celui des autres jours. Les gens qui s'en vont pour toujours disent « adieu », n'est-ce pas ?

Je comprenais de moins en moins. Peut-être avait-il réfléchi, changé d'avis, puisqu'il ne disait pas « adieu ».

La catastrophe m'a suivie tout au long des six étages. Au passage, j'ai jeté un coup d'œil sur la grande glace en face de l'ascenseur pour savoir si ça se voyait que j'avais tellement pleuré. Mais non, j'avais ma tête habituelle.

Le cœur lourd, j'ai pris le chemin de l'école ; il faisait gris, froid, le vent soufflait et, tout en marchant, je décidai de ne parler à personne de ce qui m'arrivait. Pas même à Cessi, me suis-je répété avec énergie quand je l'ai vue arriver à ma rencontre. Une vraie gravure de mode avec son pantalon et sa veste grise. Je me sentais laide et mal attifée à côté d'elle.

— C'est vendredi ! a-t-elle crié joyeusement. Quelle veine !

Puis m'examinant :

— Qu'as-tu ? Que se passe-t-il ? Tu es malade ?

— Non, mal à la tête seulement, ai-je répondu d'un ton évasif.

Cette explication lui a suffi. En tout cas, elle n'a pas insisté. Cessi ne pose jamais de questions indiscrètes. Pour ça, elle est O.K. Aussi n'ai-je pas de secrets pour elle, je lui raconte tout. Sauf la catastrophe. Je préfère l'oublier. Comme si elle n'existait pas.

En classe, pendant les cours, j'avais, me semblait-il, deux cerveaux : l'un qui s'occupait d'anglais ou de physique, l'autre qui était préoccupé par la catastrophe.

Pendant la récréation, j'ai tout avoué à Cessi. Je n'y tenais plus. J'éclatais ! Comme toujours, nous étions aux toilettes, parce que Cessi voulait fumer une cigarette.

Cessi a commencé par éclater de rire, comme devant une bonne blague. Puis elle a repris son sérieux.

— Oh ! C'est terrible ! a-t-elle murmuré d'un ton douloureux.

Trop douloureux à mon gré. Après tout, c'était « ma » catastrophe. Pas la sienne. Et sa mine de circonstance n'arrangeait pas les choses. Pourquoi ne pas avoir dit « Ah ! » tout simplement ? La conversation aurait pris un autre tour.

— C'est décidé ? Vraiment ? Tu en es sûre ? a-t-elle insisté, me regardant droit dans les yeux.

— Pap s'en va ce matin, ai-je répondu en détournant la tête.

— Ta mère, qu'en dit-elle ? a demandé Cessi.

J'ai haussé les épaules. Mam, qu'avait-elle dit ? Rien, ou presque. Que nous en parlerions mieux plus tard. À quoi bon ?

— Il n'y aurait pas quelqu'un d'autre par-derrière ? a repris Cessi.

Je l'ai regardée, interdite :

— Quelqu'un d'autre ? Pourquoi ?

— Oh ! L'un des deux s'est peut-être laissé mettre le grappin dessus, a déclaré Cessi d'un air entendu, tout en passant un peigne dans ses cheveux.

Je l'ai regardée lisser ses longues boucles soyeuses.

Brusquement, j'ai senti peser sur moi l'ombre d'une

nouvelle catastrophe, pire que la première. Quelqu'un d'autre ?... Comme si Pap... ou Mam...

— Non, il n'y a personne, ai-je affirmé avec énergie.

Je commençais à en avoir par-dessus la tête, de Cessi et de ses histoires.

— Bon, bon ! a-t-elle dit, remettant son peigne dans sa poche. Je pensais que, peut-être... Ta mère aurait pu s'éprendre d'un comédien, au théâtre. Les vedettes passent leur vie à divorcer. Ça fait presque partie du métier.

Mam n'est pas une actrice en vue. Elle joue la comédie comme d'autres vont au bureau. Jamais son nom ne figure sur les affiches, et sa photo n'a paru dans aucun magazine. Mam est une mère tout à fait normale, pas une star. Et Mam est aussi une femme comme les autres, sans histoire, qui ne se fait jamais remarquer.

— Non, il n'y a personne, ai-je répété d'un ton péremptoire.

— Je sais, tu viens de le dire ! a coupé Cessi.

Après quoi nous nous sommes promenées dans la cour.

— Ça te fait beaucoup de peine ? a demandé Cessi au bout d'un instant.

J'ai hoché la tête.

J'avais mal partout et le pire était que je n'arrivais pas à y croire pour de bon. Peut-être Pap serait-il de retour chez nous ce soir, après avoir réfléchi ? Dans ce cas, je me serais rendue malheureuse pour rien.

— Tous les mêmes, les parents, a observé Cessi d'un ton méditatif. Ils se mettent dans des situations impossibles et ça nous retombe dessus. Qu'ils se débrouillent entre eux et s'arrangent pour que nous n'ayons pas à en souffrir. Se rendent-ils compte de ce que nous éprouvons ? « Oh ! disent-ils, les enfants s'y feront, s'adapteront. Jeunes et gâtés comme ils sont, ils oublieront vite. »

Cessi est de bon conseil. Judicieuse comme une vieille corneille. Ce qu'elle dit tombe juste, en général. Je ne comprends pas qu'elle m'ait choisie pour amie, moi qui suis une tête folle. Et pourtant, nous nous entendons très bien. Depuis plus de deux ans ! Avant, c'était Maud ma meilleure amie, mais elle a déménagé ; alors nous avons lié connaissance, Cessi et moi. Nous sommes les meilleures amies du monde, jamais de dispute. Et quand l'une de nous est triste ou mal lunée, l'autre finit toujours par la faire rire.

Cessi était au courant de ma catastrophe, et rien qu'à cette pensée je me sentais mieux. N'empêche que, toute la journée, un poids m'est resté sur le cœur et je ne pouvais pas m'empêcher de marmonner entre mes dents : « Ce n'est pas vrai. Pas vrai ! »

Si j'avais pu, je serais rentrée en courant à la maison voir si, par chance, Pap n'avait pas remis la valise à sa place et tout rangé dans le placard, comme avant.

En même temps j'avais peur... peur de ce que je trouverais en rentrant.

À la sortie, Jonas, un élève de la classe au-dessus, a pris le même chemin que nous. C'est le garçon le plus vieux que je connaisse, et pourtant, il me parle comme si j'avais le même âge que lui.

N'allez pas croire qu'il s'agisse d'un type sensationnel. Des garçons comme lui, il y en a des quantités. Rien de particulier à signaler. À peine plus grand que moi, ni gros, ni maigre, des cheveux bruns qui lui pendent dans la nuque, sans exagération toutefois. Oui, difficile à décrire, ce Jonas, tant il passe inaperçu. C'est amusant de parler avec lui, parce qu'il sait écouter. Bref, pas très chouette physiquement, ce qui est dommage, mais vraiment très gentil.

Cessi et lui ont bavardé pendant tout le trajet. J'avais l'air d'une idiote, debout à côté d'eux, avec dans la tête toujours ce même refrain :

« Pas vrai... pas vrai... pas vrai ! »

— Tu rêves ? m'a demandé Jonas, se tournant vers moi avec un sourire.

— Non, je réfléchis, ai-je riposté.

— Ah ! Bon.

Jonas n'a pas insisté. Cessi lui a posé une question, et ils ont recommencé à discuter tous les deux.

Nous descendons tous les trois à la même station tous les jours. Mais Jonas tourne à gauche et nous à droite. Aujourd'hui, au bout de quelques pas je me suis retournée, lui aussi, et ça m'a donné chaud au cœur. Jonas a un drôle de petit sourire en coin. Pourquoi le sourire d'un garçon vous fait-il tellement plaisir ?

Brusquement, Cessi a pouffé. Elle gloussait de rire derrière moi, et elle a continué jusque devant chez elle. J'ai horreur qu'on ricane dans mon dos sans que je sache pourquoi. J'avais beau la questionner, la bousculer, rien. Pas de réponse. Enfin, elle a hoqueté :

— Tu le gardes en veilleuse ?

— En veilleuse ?

Je ne comprenais pas.

— Eh oui ! Tu le laisses mijoter à petit feu, le pauvre ! Et il est trop gentil pour se fâcher.

— Tu es stupide, ai-je rétorqué furieuse, car rien n'est plus exaspérant que ce genre d'allusions à mots couverts. Parle clairement, si tu veux que je te comprenne.

Et Cessi alors de m'affirmer que Jonas était fou de moi. Toute la classe le savait, affirmait-elle. Cela se voyait comme le nez au milieu de la figure, et d'ailleurs, il ne s'en cachait pas. Ma vue seule le comblait d'aise...

— Et quand tu t'es retournée, tout à l'heure, il a manqué choir, a conclu Cessi entre deux éclats de rire.

— Quelle blague !

— Parole d'honneur ! Qu'est-ce que tu paries ? a demandé Cessi.

Ridicule ! Parier n'avait aucun sens. Comment

prouver qu'un garçon est amoureux de vous ? Allons donc !

Arrivées devant chez moi, nous nous sommes aperçues tout à coup que nous avions oublié d'acheter des gâteaux à la noix de coco. Tant pis !

— Ah ! L'amour... l'amour..., a susurré Cessi.

Et, après nous avoir vingt fois de suite dit : « Au revoir, je te téléphonerai ce soir pour savoir ce que tu fais samedi et dimanche », je suis enfin rentrée chez moi.

Jonas ? Amoureux de moi ? Toute la classe en parlait...

J'avais des ailes et je grimpai d'une traite nos six étages, sans prendre l'ascenseur. J'essayais de me rappeler exactement comment était Jonas : un garçon comme tant d'autres, sans rien de particulier. De ceux que l'on oublie cinq minutes après les avoir vus. Avec, en place d'un vrai nez, une petite boule au milieu du visage, un nez en pied de marmite, affirme Cessi. Des pantalons bruns, une chemisette assortie... Impossible de se souvenir d'autres traits distinctifs. Ni sportif, ni bon danseur, mais très gentil. Quelqu'un avec qui il est agréable de parler... de se taire aussi.

Attention ! Je ne suis pas amoureuse de Jonas. Pas le moins du monde. Enfin pas comme de Chris ou de Bobby, que je ne peux pas croiser sans rougir. Ceux-là, on y pense... sans les approcher. Parce que, en réalité, ce n'est pas sérieux ; les filles qui s'y laissent prendre en ont vite assez et n'arrivent plus à s'en débarrasser. Ils sont tout le temps pendus au téléphone.

Jonas est quelconque, c'est le genre de garçon qu'on aimerait avoir pour frère. Équilibré, normal et... moyen. Comme moi, ai-je songé en un éclair avant d'atteindre la porte.

Donc, pas question d'écouter les radotages de Cessi. Elle a tellement d'imagination qu'elle raconte n'importe quoi.

« Une chance d'avoir oublié d'acheter un gâteau », me suis-je encore dit au moment d'entrer. Excellente raison pour s'en offrir deux demain.

Et puis, dès l'entrée, je n'ai plus pensé à Jonas, aux gâteaux, ni à rien : la grosse valise noire n'était plus là.

Pap l'avait-il rangée ? Avait-il réfléchi et tout remis en place ? Mais son pardessus n'était pas accroché au portemanteau, ni son blouson et son bonnet. Plus de souliers, ni de pantoufles dans le placard ; son gros parapluie noir avait disparu.

Si je m'étais écoutée, je serais redescendue quatre à quatre pour me sauver, n'importe où, dans le métro, à pied... Fuir ! Toutes les affaires de Pap avaient disparu.

Tout doucement, sur la pointe des pieds, j'ai fait le tour de la salle de séjour et j'ai tout inspecté : la cuisine, la chambre à coucher. Rien n'y manquait ; les meubles étaient à leur place habituelle.

— C'est toi, Madde ? a demandé Mam.

Je suis allée la retrouver dans la chambre de Steffe.

Tous deux étaient penchés sur une carte. Mam a levé la tête et m'a souri.

— Pap est parti ? ai-je interrogé.

Mam a fait oui de la tête et Steffe s'est mis à trépigner, bousculant les chaises à coups de pied.

Mam me lançait des regards suppliants tout en s'efforçant de le calmer. Comme si c'était de ma faute. Comme si elle me tenait pour responsable de tout ce gâchis.

À partir de ce jour et pendant longtemps, chaque fois qu'il était question de Pap, Steffe se mettait à hurler, automatiquement, comme si l'on appuyait sur un bouton :

— Je veux que Pap reste avec nous..., je veux qu'il revienne !

Je l'aurais pilé ! Pendant ces scènes, je le détestais. J'avais l'impression qu'il me volait mon chagrin. Car je ne pouvais pas me laisser aller à mon tour. Mam me regardait d'un air si inquiet, malheureux, que j'étais obligée de me dominer, de parler d'autre chose. Rien n'est plus terrible, en plus de son chagrin, que d'assister à celui des autres.

Mam prétend que pleurer, ça soulage. Et pourtant elle compte sur moi pour rester calme et aider Steffe à supporter notre catastrophe.

3

Ma catastrophe

Ce premier samedi, Cessi est venue passer la soirée avec moi. Une fois Mam partie pour son théâtre, nous avons installé Steffe et Pat, son copain, devant la télé, et nous sommes allées, Cessi et moi, dans la salle de bain essayer de nouvelles coiffures. Nous avons bien ri. Ensuite, nous avons fabriqué un gâteau qui n'a pas bien levé, mais avec de la confiture et de la crème fouettée, il est devenu très mangeable. Nous l'avons partagé en quatre et il n'en est rien resté.

Puis nous avons éteint les lumières de ma chambre et regardé à travers les vitres ce qui se passait dans les appartements d'en face. C'est drôle de plonger chez les gens, bien que, d'après Mam, ce soit indiscret et mal élevé.

L'inconvénient d'habiter un quartier aussi éloigné que le nôtre, c'est que, le soir, on s'y sent perdu. Nous n'avons pas la permission de sortir, Cessi et moi.

« Plus tard, dit Mam. Attends d'avoir tes quinze ans ! »

Et la mère de Cessi lui chante la même chanson. Pour des filles de treize ans, la vie n'est vraiment pas drôle dans le coin.

Ce soir, comme les autres soirs, j'ai attendu le retour de Mam avant de m'endormir. Le visage pâle, les traits tirés, elle arrivait, encore tout imprégnée des odeurs du théâtre.

Le silence à la maison n'était plus le même depuis le départ de Pap. Différent. Plus lourd. Mam le sentait-elle, ou était-ce moi seule qui me l'imaginais ?

Mam allumait une bougie, la posait sur la table de la cuisine, allait prendre du pain, du fromage et du lait. Et nous nous installions. Je ne sais pas pourquoi, mais les parents sont plus faciles, plus gentils, plus abordables quand vous mangez un sandwich avec eux au milieu de la nuit. Il n'est jamais question de devoirs, de notes, de chaussettes mal lavées et autres détails du même ordre. Assis à la même table, chacun suit le cours de ses pensées.

— Vous n'auriez jamais dû nous obliger à vivre cette catastrophe, ai-je dit un soir, avec un gros soupir. Ce n'était pas chic de votre part.

— Voyons, chérie, tu tiens absolument à ce terme de « catastrophe », a répondu Mam, me lançant un regard en coin. Il existe peut-être un autre mot, plus approprié. Certes, nous avons encore de la peine à l'admettre. Mais quand c'est très dur et que tout va vraiment très mal, il faut se répéter que cela ne peut plus être pire et faire en sorte que tout devienne un peu plus facile de jour en jour. À ce propos, je voudrais te dire...

Une fois de plus, j'ai senti la peur, une peur atroce, me serrer à la gorge. Mais, sans attendre, Mam a continué :

— ... parce que, tu ne le sais pas, je pense, mais à ton âge tu peux choisir avec lequel de nous tu préfères vivre. Si tu désires aller chez Pap, habiter avec lui, tu le peux. D'ici quelque temps, naturellement, parce que, pour le moment, il loge dans une chambre meublée. Mais dès qu'il sera mieux installé, tu pourras aller le retrouver... si tel est ton choix.

Tout en parlant, Mam mordait dans une tartine au fromage. Son visage était calme, un peu las, sa voix tranquille, apaisante, légèrement plus sourde qu'autrefois. Partir ? Pour aller où ? Je ne savais même pas où vivait Pap.

Et moi-même ? Avais-je envie de partir ? Non, pour rien au monde ! Quitter la maison, Cessi, l'école et, bien entendu, Mam et Steffe. Pas question. À vrai dire, je pensais surtout à Cessi.

— Avant tout, a repris Mam en se taillant une seconde tartine, nous tenons absolument à rester bons amis tous les quatre. Prendre nos décisions ensemble, après en avoir discuté. Pap viendra souvent nous voir et, bien entendu, tu iras lui faire autant de visites que tu le voudras...

Des visites, c'est bon pour les gens qui se connaissent à peine et qui, surtout, se passent très bien les uns des autres. De temps en temps, nous allons « faire une visite » à Grand-Maman, la mère de Pap. Et Mamie, la mère de Mam, vient de Göteborg nous voir, une ou deux fois par an. Elle s'assied sur le grand canapé et nous sommes aux petits soins pour elle. Mais nous la voyons repartir sans regret. Mam envoie promener ses chaussures et Pap s'enfonce dans son fauteuil, les pieds sur la table, avant de piquer un petit somme.

Pap, maintenant, se reposait et dormait ailleurs. Et Mam parlait tranquillement de notre catastrophe en dévorant son sandwich. À croire que cela ne la concernait pas et que Pap ne comptait plus pour elle.

« Quelqu'un d'autre... derrière... », avait dit Cessi.

J'épiais Mam, je l'observais. Non, vraiment, je ne pouvais pas l'imaginer avec un autre que Pap. Impossible !

« Tu vis perpétuellement dans les nuages sans voir le côté sérieux de l'existence », lui reprochait parfois Pap.

« Est-ce vraiment nécessaire ? » ripostait Mam dans un éclat de rire.

C'était vrai. Mam ne prenait pas la vie aussi sérieusement qu'il le fallait.

À moins que ?...

Jouait-elle la comédie devant moi ? Comme si j'étais trop petite ou trop sotte pour comprendre. Avait-elle envie que je quitte la maison ? Pour être débarrassée de moi ? Je me pinçais le mollet pour ne pas pleurer. Très fort.

— Nous devons, toi et moi, aider Steffe à reprendre son équilibre, a continué Mam. Il est plus profondément atteint que nous ne le pensions. Trop petit pour comprendre, et c'est pourquoi il faut être patient avec lui et le soutenir. J'espère que Pap viendra le voir le plus souvent possible.

Naturellement ! Je m'y attendais. Steffe était petit, trop petit pour comprendre, il fallait avoir de la patience avec lui. Et moi ? Je n'étais pas petite ?

Pourquoi, dès qu'il se passe un événement pénible ou désagréable, se voit-on, d'un seul coup, rangée dans la catégorie des adultes, alors que, précisément, on aimerait se sentir toute petite, pouvoir pleurer à son aise, être choyée, câlinée ? Mais non ! On est soudain grande, il faut avoir de la patience, comprendre, alors que, soi-même, on ne sait plus à quel saint se vouer.

« Parlons-en tous les quatre ensemble », dit Mam.

Si vous voulez, mais sans moi, parce que j'ai un nœud dans la gorge, les larmes m'étouffent. Être là, assise tranquillement, à discuter comme si de rien n'était, je ne peux pas. Ça me dépasse !

Certains soirs, Mam restait grave, silencieuse, et la peur à nouveau s'emparait de moi. Pas la même, mais tout aussi angoissante. Alors je parlais, je racontais n'importe quoi pour qu'il ne soit surtout pas question de Pap et de la catastrophe.

À d'autres moments, au contraire, Mam semblait excitée, presque plus gaie qu'autrefois. J'oubliais alors cette maudite catastrophe. Jusqu'au moment du dîner. Parce que, à la cuisine, poussée sous la table, il y avait la quatrième chaise, celle de Pap, qui ne servait plus à personne, sauf quand Cessi, un copain de Steffe ou une amie de Mam étaient invités.

Avant, nous avions toujours une cruche en grès brun avec des fleurs au milieu de la table. Maintenant, Mam la posait à la place qu'occupait autrefois Pap.

« Oh ! Comme pour un mort ! » me suis-je écriée le premier jour. Et j'ai très bien vu Mam se raidir.

« Chérie, voyons... » a-t-elle dit simplement.

Elle avait raison. Après tout, cette cruche était très bien à cet endroit. Mais nous avons l'habitude de dire toujours ce que nous pensons, comme ça, du premier coup, sans réfléchir. Personne n'est forcé de répondre, ni de discuter, et on se sent mieux après.

La cruche avec les fleurs est donc restée à la place de Pap. De même, nous n'achetons plus de bière. Mam préfère le vin rosé, coupé d'eau naturellement. Je me demande ce qu'elle y trouve de bon.

Oui, bien des changements se sont produits dans la maison en ces premiers mois. Pas toujours agréables.

Le grand lit à deux places de la chambre à coucher paraissait brusquement immense, aussi vaste qu'une piscine. Avant la catastrophe, le dimanche matin, tous ensemble nous y faisions la noce, riant, sautant, bavardant, prenant le thé. Nous venons toujours chez Mam, mais ce n'est plus drôle du tout. Chacun dit et fait ce qu'il veut, et personne n'est là pour nous rappeler à l'ordre. C'était le rôle de Pap. Il faisait mine de se fâcher et nous restions immobiles, tranquilles comme des petites souris. Jusqu'au moment où Mam éclatait de rire. Pap levait alors les bras au ciel : « Impossibles ! Vous êtes impossibles ! »

« Impossibles, et hop-là ! » renchérissait Mam, faisant claquer ses doigts.

Sans Pap, Mam est plus calme, silencieuse même. Et, quand personne ne gronde, où est le plaisir ? Si vous prenez le thé au salon avec un visiteur, par exemple, vous savez qu'il faut vous tenir correctement et boire à petites gorgées, sans rire. Et puis, tout à coup, vous pouffez dans votre tasse, justement parce que c'est défendu.

Steffe était devenu plus nerveux, irritable et difficile. Il me harcelait et me dérangeait sans cesse. Nous avions plus de place dans l'appartement, et pourtant nous nous disputions pour un rien. Cela se terminait en bataille, bien que j'aie horreur de me battre avec des gamins aux poings durs, qui tapent comme des sourds.

— Mes chéris..., voyons ! disait faiblement Mam.

Steffe alors se mettait à hurler et nous en avions pour une bonne heure avant de le calmer.

Les enfants dont les parents divorcent ont du mal à rester paisibles et sages. Ce n'est pas facile pour eux. Il leur faut à la fois se montrer raisonnables comme des adultes et soumis comme des petits. Comprendre et, à d'autres moments, avoir l'air de ne pas comprendre. Ainsi, pour Pap et les meubles, je ne comprenais pas. Pourquoi n'avait-il rien emporté ?

— Tu trouves juste qu'il n'ait aucun meuble à lui ? ai-je demandé un jour où j'étais particulièrement agressive.

— Il a loué une chambre meublée, a répondu Mam tranquillement. Plus tard, il s'achètera un appartement, des meubles. En attendant, nous avons décidé de tout laisser dans l'état ici. À cause de toi et de Steffe.

Ah, oui ! Génial, vraiment ! Attendrissant ! Laisser en place le vieux fauteuil vert de Pap pour que, tous les soirs, chacun puisse se rappeler qu'il – je veux dire Pap – ne viendrait pas s'y asseoir. Ce fauteuil où Steffe n'avait pas le droit de s'installer et dans lequel il se prélassait maintenant.

— Tu sais très bien que Pap le défendrait, disais-je.

— Bien fait pour lui. Il n'avait qu'à rester avec nous, ripostait Steffe, renversant la petite table d'un coup de pied.

Pap téléphonait de temps en temps.

Entendre dans l'écouteur la voix d'un père qui est parti pour toujours, c'est terrible. Il me posait des questions idiotes sur l'école, mes amies... et je répondais tout aussi sottement. Ce n'était plus le cher vieux Pap, mais un monsieur étranger.

— Attends une minute, je vais chercher Mam, disais-je à bout de ressources.

Aussitôt, précipitamment, il mettait fin à la conversation.

— Qu'a dit Pap ? s'informait Mam.

Et je répondais :

— Rien de particulier.

Nous étions seuls plus souvent, Steffe et moi, livrés à nous-mêmes, Pap n'étant plus là le soir. Mam, l'air soucieux, partait à regret pour le théâtre. La main sur la poignée de la porte, un pied en l'air, elle promenait autour d'elle un regard hésitant. Exactement comme moi quand je suis indécise.

— Le temps vous paraît long, tout seuls ?

— Oh ! Pas spécialement, répondais-je, nous avons nos devoirs à terminer, nous prenons le thé, et puis il y a la télé.

C'était mortellement triste, mais je ne pouvais pas le lui dire, c'eût été pire. Lui donner mauvaise conscience et gâcher sa soirée ? À quoi bon ? Quand, dans un ménage, chacun part de son côté, rien ne va plus, c'est clair.

Seule, je tenais à part moi de grands discours à Mam :

« Vous avez décidé de vous séparer et de divorcer. Bon ! Pap est parti, c'est une catastrophe, d'accord !

Mais, pourquoi en parler tout le temps ? Je ne sais plus quelle tête prendre quand, éternellement, tu recommences à m'expliquer... Quoi ? Que nous devons rester bons amis tous les quatre ? C'est entendu, j'ai compris. Inutile d'y revenir. J'aimerais tellement mieux te voir pleurer un bon coup pour montrer que tu as du chagrin, au lieu de prendre cet air tranquille et même gai. À se demander si tu es réellement contente et heureuse ? Et, dans ce cas, je n'y comprends plus rien. »

Bien sûr, je n'ai jamais osé parler ainsi à Mam, mais je me suis souvent mordu la langue. Parce que je sentais qu'au fond, elle était très malheureuse, et qu'il fallait avoir de la patience avec elle.

Mam avait doublé mon argent de poche. Bonne affaire, évidemment ; mais en retour j'étais de service tous les soirs. Baby-sitter, à cause de Steffe. Je ne pouvais plus aller chez Cessi ; c'était à elle de venir chez moi. Mais elle était forcée de rentrer de si bonne heure que nous n'avions pas d'autre solution que de poursuivre notre conversation au téléphone. Sa mère fulminait et finissait par couper la communication.

— Dès que je serai installé, tu viendras me voir, disait Pap au téléphone.

— Entendu, répondais-je.

Et nous parlions d'autre chose.

Je connaissais sa nouvelle adresse. Un samedi, nous avons été jusque chez lui, Cessi et moi, rien que pour voir. Son nom ne figurait pas sur le tableau de l'entrée. Tout doucement, nous sommes montées dans les escaliers, et nous avons fini par découvrir sa carte de visite clouée sur une porte, à côté de la plaque du vrai locataire.

Les gens qui habitaient cet appartement s'appelaient Frid.

Le cœur battant, nous avons tendu l'oreille, retenant mal une sorte de fou rire nerveux. Je n'arrivais pas à me représenter Pap vivant ici, chez des étrangers. Alors qu'il était si bien à la maison, avec nous.

Une nuit où j'étais, par hasard, éveillée, j'ai entendu la voix de Mam dans la salle de séjour. Je me suis levée tout doucement. Peut-être Pap était-il revenu !

C'était stupide de ma part, évidemment. Mais, quand vous êtes réveillée en sursaut au milieu de la nuit, vous n'avez pas les idées bien claires.

« C'est Steffe qui pose le plus de problèmes, disait-elle. Martin lui manque beaucoup. Je n'en peux plus de jouer la comédie devant les enfants, de paraître calme et gaie. Madde est très raisonnable et compréhensive. Elle s'en sortira, mieux même que je ne l'espérais. »

À qui téléphonait-cllc ?

Sans pouvoir me rendormir, je suis restée longtemps les yeux grands ouverts dans le noir. Que Mam n'en puisse plus, oui, je le comprenais. Mais que je m'en sorte bien, d'où tirait-elle cette affirmation ? Décidément, nous nous trompions l'une l'autre et cette pensée me rendait malade. Des conversations à « cœur ouvert » où chacune disait ce qu'elle pensait mais gardait l'essentiel au fond d'elle-même, pour ne pas démolir complètement l'autre, voilà où nous en étions.

Avec qui parlait-elle tout à l'heure d'une voix si confiante et si jeune ? Quelqu'un d'autre ?... « Je le lui demanderai demain », ai-je songé. Mais la peur était revenue. Elle était là. Peur de la réponse si, vraiment, il y avait « quelqu'un d'autre ».

J'avais pris l'habitude, le soir, de penser un peu à Jonas. Je n'étais pas amoureuse de lui, oh non ! Mais c'était réconfortant, il me tenait compagnie. L'obscurité lui convenait ; elle le rendait plus attrayant, plus sympathique. Et puis, c'était une diversion qui me changeait de mes fantaisies habituelles comme, par exemple, d'imaginer que je créais un modèle, une œuvre qui faisait sensation. Les grands magasins se bousculaient pour en avoir l'exclusivité et je devenais millionnaire.

Penser à Jonas était plus drôle. Le lendemain, à la récréation, en face de lui je me sentais toute bête. Pour un peu, je serais devenue rouge comme une tomate.

Nous formions un petit groupe qui se tient toujours dans le même coin de la cour, pour bavarder et dire des tas de bêtises, naturellement. Les garçons nous font passer des magazines avec plein de femmes nues. Pour le plaisir de nous embarrasser, bien sûr. Honnêtement, ça me gêne un peu ; et après, je me rends bien compte que Jonas lorgne ma poitrine.

Je me tortille, je serre mon manteau contre moi. Je n'ai pas de seins. Cessi est bien mieux faite, les siens sont gros, mais elle s'en arrange très bien, dit-elle.

N'empêche, j'aimerais mieux que Jonas ne me regarde pas de cette façon.

4

Le téléphone sonne

Il y a de foutus jours !

« Foutu jour... foutu temps ! Une fois pour toutes, je ne veux pas entendre ce mot », grondait Pap l'air vraiment en colère. Mam se borne à remarquer qu'il existe de plus jolies manières de s'exprimer.

Pour l'instant, je n'en connais pas de meilleures. Ce récit n'étant pas destiné aux parents, je suis libre de parler comme je l'entends, n'est-ce pas ?

Donc, il y a de mauvais jours. Dès le réveil, je sens que tout ira mal, et j'ai comme une grosse boule dans la gorge. J'ai peur, je prends tout du mauvais côté, je suis contrariante, butée, mauvaise.

Je ne suis pas plus tôt en classe, tout redevient beau. Brusquement, la vie me paraît drôle, amusante, intéressante ; je suis aussi gaie que j'étais triste auparavant.

Et, à peine ai-je remis le pied à la maison, c'est de nouveau le marasme.

— Ne me touche pas. Laisse-moi tranquille. Je voudrais être morte ! ai-je dit un soir à Mam.

Mam comprend. Elle était jeune il n'y a pas si longtemps.

— J'étais souvent comme toi, a-t-elle remarqué. J'avais envie de me sauver, de disparaître pour que mes parents me cherchent, s'inquiètent, soient angoissés. Ma mère alors hochait la tête : « Garde tes larmes pour une meilleure occasion », disait-elle.

Pleurer un bon coup soulage. Se jeter sur son lit, la porte entrouverte naturellement, et sangloter sur l'oreiller jusqu'à plus soif. Au bout d'un moment, j'ai faim. Je vais me chercher une tartine, un verre de lait et je mets un disque.

Mam, dans ce cas, ne dit rien. Elle a un petit sourire triste qui ne manque pas de charme. J'ai souvent essayé de l'imiter devant la glace ; en tirant la peau sur le côté, j'y arrive presque. Mon nez, alors, paraît moins long. Parce que, je ne vous l'ai pas encore dit, mon nez est long comme un jour sans pain.

Quand je m'en plains, Mam aussitôt me dresse la liste de tous les gens bien que nous connaissons et qui sont pourvus d'un grand nez. Ce n'est pas une consolation. Jamais je ne comprendrai comment les grandes personnes arrivent à tirer une satisfaction du malheur des autres. Quand je regarde mon nez, l'idée qu'il en existe de plus longs ou de plus gros ne me réconforte pas le moins du monde. Je comprends ce qu'ils doivent éprouver avec une trompe pire que la mienne, et c'est tout.

— Il n'est pas long du tout, m'a dit Jonas un jour. Je le trouve très joli.

Voilà pourquoi c'est agréable de penser à lui – à Jonas, pas à mon nez.

Ainsi il y a de mauvais jours, des jours où je me sens misérable : mon nez n'en finit pas, Steffe est un poison, toujours pendu aux jupes de Mam qui est bien trop patiente avec lui ; elle a mauvaise mine, parle d'une petite voix éteinte. Pap n'est plus là, Jonas est une nouille. Et, pour couronner le tout, je me sens laide, mal attifée, plate comme une punaise.

Depuis la catastrophe, recommencer une journée, le matin, c'est affreux ! Avant, Pap était là, il ouvrait les volets, nous déjeunions ensemble et ensuite, nous allions jeter un coup d'œil sur Mam qui dormait.

Plus de Pap maintenant. De temps en temps, Mam s'extirpe péniblement de son lit et vient s'asseoir à côté de nous, pelotonnée dans sa vieille robe de chambre bleue. Pas coiffée, la voix enrouée, ce n'est pas la joie. Ni pour elle, ni pour moi.

Seule ressource, la radio ou les disques à plein régime. À peine rentrée de classe, je tourne le bouton et je me grise de musique. Les yeux fermés, je tourne, je tourne... Et, tout à coup, Mam apparaît sur le seuil de la porte ; ses lèvres remuent, je ferme le poste. Elle me dit :

— Écoute, chérie...

Je sais d'avance ce qui va suivre.

— ... Veux-tu faire un saut au supermarché...

Pourquoi dois-je obligatoirement « faire un saut » quand elle m'envoie aux commissions ? Je vais au marché, c'est entendu, mais je ne saute pas. Quand je proteste, Mam rit et ne répond pas.

Expliquez-moi pourquoi il est particulièrement odieux de se lever, d'abandonner ses devoirs ou n'importe quelle occupation, pour « un saut au supermarché » ? Me brosser les dents à fond, épousseter l'appartement, rester le dimanche à la maison, j'accepte tout. Mais être dérangée pour rien, ou presque... ça non !

— Personne n'aime quitter son travail pour courir n'importe où et acheter n'importe quoi ! déclare Cessi qui partage mon horreur de ces courses imprévues.

Quand je reviens, Mam me dit tendrement : « Merci, mon cœur » et je nage dans la confusion. Les filles sages qui ne grognent jamais n'existent que dans les livres. Je sais tout ce que Mam fait pour nous : la cuisine, le ménage, les soucis, et tout, et tout. Évidemment, je suis un monstre.

« Il n'existe pas d'enfants méchants », a dit un jour une spécialiste à la radio. Elle n'y connaissait rien. Les enfants sont odieux, certains jours. Après tout, c'est leur droit !

— Tu sais, Madde, j'ai parlé à Please, a déclaré Mam un jour où le ciel était au beau.

— Ah ! De quoi ?

— Oui, je lui ai expliqué que nous étions en instance de divorce, Pap et moi, afin qu'elle soit au courant et les autres professeurs également. Pour éviter des incidents regrettables : réclamer un mot signé de Pap, par exemple, ce qui t'aurait forcée à donner, en pleine classe, des explications gênantes, et...

— Tu... tu n'avais pas le droit !

J'étais furieuse. Sans se troubler, Mam a laissé passer l'orage.

— Sois raisonnable, chérie. Tu sais très bien que je cherche à t'aider. Pap nous a quittés, ce n'est un secret pour personne, et nous n'avons pas à le cacher. Ta maîtresse préfère certainement être au courant, afin d'éviter des malentendus fâcheux.

Je suis restée des heures sans parler à Mam. Pas un mot, malgré ses avances. À peine était-elle partie au théâtre que j'ai regretté ce cirque. Au fond, j'aimais mieux savoir Please au courant de la catastrophe, mais j'en voulais à Mam de raconter ainsi nos affaires au premier venu, comme si ça lui était égal et Pap aussi. Peut-être était-il précisément parti pour cette raison : parce que Mam ne se souciait plus de lui.

« Fais ce que tu estimes juste », avait coutume de dire Mam dans les cas épineux. « Il faut toujours agir selon sa conscience, à condition de ne blesser personne », avait-elle ajouté.

C'était probablement ce qu'elle avait dit à Pap avant leur séparation : « Si tu le juges bon »... Sans plus !

Non, jamais je ne pourrai admettre cette catastrophe.

Le lendemain, j'étais plutôt contente de savoir que Please était informée. Avant d'entamer son cours, elle m'a souri et ensuite interrogée sur l'exercice de la veille.

Une moitié de mon cerveau se répétait : « Elle sait que je suis orpheline de père », et l'autre moitié s'efforçait de répondre. Please m'a écoutée d'un air indulgent.

Ce même soir, à moins que ce ne soit le lendemain, Jonas a téléphoné.

Mam venait de partir et nous regardions un film, Steffe et moi, quand la sonnerie a retenti. Steffe s'est précipité sur le téléphone.

— Qui est-ce ? ai-je demandé.

— Un type qui veut te parler !

Steffe criait si fort que toute la maison pouvait l'entendre.

C'était Jonas. Au début, je n'ai absolument pas reconnu sa voix. Creuse, grave, comme celle d'un homme... ou presque.

Comment, d'une minute à l'autre, peut-on se sentir aussi joyeuse ? Assise par terre, l'appareil entre mes genoux, je tenais le combiné à deux mains. Je serrais Jonas contre moi.

— Que fais-tu ?

— Peuh ! Rien.
— Ce n'est pas grand-chose.
— Mmm... Je regarde la télé.
— Bon programme ?
— Pas fameux. J'allais fermer.
— Et après ? Tu as des projets ?
— Euh ! Rien de particulier. Finir mes devoirs.
— Et après ?
— Sais pas.

On se sent bête dans ces cas-là. Bête et heureuse. Jonas me plaisait de plus en plus, pas de doute !

— Si tu es libre, on pourrait se voir, ce soir. Viens faire un tour..., à condition que tu en aies envie, naturellement.

Levant les yeux, j'ai vu Steffe qui se tordait de rire et se livrait à une mimique impossible. Parce qu'un garçon me téléphonait ! Il faisait semblant de couper le fil et me tirait la langue.

— Non, ce soir je ne peux pas. J'ai du travail et il faut que je reste à la maison.

Je ne savais plus où j'en étais. Que dire, quand d'une part on éclate de joie, et qu'en même temps l'envie vous démange de gifler l'insupportable petit frère qui danse devant vous et vous empêche de sortir, parce qu'il faut le garder ?

Comment expliquer que mon frère n'était pas capable de rester seul à la maison ? J'aurais bien proposé à Jonas de venir, mais je ne voulais pas que Steffe fasse l'idiot devant lui.

J'ai raccroché et envoyé une bonne tape à Steffe qui s'est mis à hurler. Exaspérée, je suis rentrée dans ma chambre en claquant la porte.

Allongée sur mon lit, j'ai ragé.

Au bout d'un instant, Steffe est entré doucement. Il s'est assis sur mon lit et a murmuré avec un soupir :

— Il te rappellera sûrement. C'était pour rire, tu sais.

Pour nous remettre, nous avons fabriqué des crêpes et bu du thé. Je me sentais mieux, gaie même. Je riais, mais j'avais malgré tout un poids sur l'estomac.

J'ai appelé Cessi pour tout lui raconter : le numéro n'était pas libre. Peut-être cherchait-elle, de son côté, à me téléphoner ? Au bout d'un instant j'ai recommencé, mais brusquement le courage m'a manqué, et j'ai raccroché sans attendre de réponse.

Ma bonne humeur était presque revenue. J'ai mis un disque et j'ai dansé. Au fond, Jonas aurait très bien pu venir ; il se serait installé ici, dans ma chambre. Rien que d'y penser, la tête me tournait.

Seule avec lui, ici ! Je n'aurais pas su que dire. Jamais encore je n'ai reçu un garçon dans ma chambre. Un garçon de quinze ans passés surtout.

Vivement que les années passent, que j'apprenne à me conduire en personne sensée la prochaine fois que Jonas m'appellera. Pourvu qu'il ne me laisse pas tomber. Les garçons en ont vite assez.

Le lendemain, Jonas était exactement le même, comme si jamais, au grand jamais, il n'avait songé à jeter les yeux sur une gamine de mon espèce. Pourtant, il est rentré en métro avec Cessi et moi. Nous n'avons parlé que de la classe.

Dans le wagon, nous étions debout, serrés. Je sentais Jonas respirer tout près de moi. Par-dessus son épaule, je voyais Cessi qui nous observait. Elle a levé les yeux au ciel.

Oh ! J'aurais tellement voulu être seule avec Jonas. Seule au monde avec lui. Il n'était certainement pas de cet avis, car il ne m'a plus téléphoné de toute la semaine.

Attendre un coup de fil qui ne vient pas, c'est terrible ! Bien plus terrible que d'aller chez le dentiste.

À mesure que s'écoulaient les semaines, le téléphone peu à peu avait fini par m'apparaître comme une sorte de serpent venimeux, un outil maléfique qui suintait l'angoisse et le malheur. L'œil fixe, raidie, je me concentrais, espérant chaque soir un appel. Comment Jonas ne sentait-il pas mon fluide à travers l'espace ? Et puis, tout à coup, la sonnerie résonnait. Tremblante, le cœur sur les lèvres, je prenais l'appareil :

— Allô ! Allô !

Ce n'était que Pap.

Il me téléphonait en général dans la soirée, après le départ de Mam. En un sens, c'était plus facile de lui parler quand elle n'était pas là.

J'étais contente, bien sûr, mais il me semblait tout le temps que Jonas allait appeler et, pour abréger la conversation, je répondais par oui ou par non. Le cœur battant je pensais : « Ça y est, Jonas attend. Il va raccrocher et ne rappellera plus de la semaine. »

— Je te dérange ? s'informait Pap.

— Pas le moins du monde, affirmais-je.

Et, peu après, il me disait au revoir d'une voix un peu fêlée, avant de couper.

Après quoi, le téléphone restait muet et je regrettais de tout mon cœur de ne pas avoir parlé plus longtemps avec Pap.

La vie est ainsi faite, à la fois gaie et triste, heureuse et malheureuse. Dans les meilleurs moments, il reste toujours, dans un coin du cœur, un petit soupçon de tristesse ; de même, au milieu de la pire dépression, une petite étincelle joyeuse, en vous, ne demande qu'à se ranimer.

Depuis son départ, Pap n'était plus revenu à la maison. Un beau jour, brusquement, Mam nous a dit qu'il venait nous voir tout à l'heure.

Vivement, elle a ramassé tous les journaux, mon chandail qui traînait sur le canapé, les illustrés de Steffe éparpillés sur le tapis. Ensuite, après un coup d'œil dans la glace, elle s'est lissé les cheveux, comme pour recevoir un invité de marque.

À peine Pap avait-il mis le pied dans l'entrée, nous avons senti à quel point il était étranger. Il n'appartenait plus à la maison, cela se sentait. Il n'avait pas changé, il portait toujours le même pardessus. Mais celui-ci avait beau être accroché au portemanteau, à son ancienne place, on voyait que ce ne serait pas pour longtemps.

Je me sentais gênée, paralysée.

— Entre et viens t'asseoir, je te prie, a dit Mam comme à n'importe quel visiteur.

Pap est entré, Mam derrière lui et moi après. Heureusement, Steffe est sorti de la cuisine et s'est précipité vers le fauteuil vert. Il sautait d'un pied sur l'autre et regardait Pap avec un grand sourire.

Nous nous sommes assis en rond, gravement. Juchée sur un tabouret, près du secrétaire, j'observais Pap. C'était le bon vieux Pap et, néanmoins, un étranger. Horrible ! Je pouvais à peine le supporter. Plissant les yeux, je l'ai fixé longtemps, très longtemps, jusqu'à ce qu'il ne soit plus devenu qu'une tache brune confuse. J'entendais sa voix et celle de Mam. Comme avant la catastrophe !

Pap s'est mis à rire et m'a demandé pourquoi je clignais des yeux. Comment lui expliquer que je cherchais vainement à retrouver notre Pap – le cher Pappichou comme je l'appelais autrefois – qui nous avait quittés ?

Il s'est informé si Mam était satisfaite de son travail au théâtre, et elle a répondu oui, naturellement. J'écoutais sa voix et je me disais qu'elle n'avait pas compris, elle ne se rendait pas compte. À moins que la présence de Pap, assis comme un monsieur en visite, au milieu de nous, ne lui semblât pas gênante.

Ils ont parlé de leurs amis, de Mamie.

— Elle viendra nous voir à Noël. J'ai quatre jours de relâche, a expliqué Mam.

— Bonne idée, a répondu Pap.

À croire qu'il ne s'était rien passé !

— Je peux descendre jouer avec Pat ? a demandé Steffe au bout d'un instant.

— Oui, mais tu ne préfères pas profiter de Pap tant qu'il est là ? a dit Mam en riant.

Pap s'est levé, il a déclaré qu'il était obligé de partir, mais qu'il reviendrait :

— J'ai presque fini de m'installer. Cela devient tout à fait convenable chez moi, et tu pourras bientôt venir me voir, m'a-t-il annoncé. Toi aussi naturellement, a-t-il ajouté en se tournant vers Steffe.

Nous étions sur le palier. J'avais l'impression d'avoir oublié quelque chose de très, très important, et j'avais mal à la tête.

— Pourquoi tu ne restes pas avec nous ? a soudain demandé Steffe.

Il y a eu un silence, et puis Pap et Mam sont repartis dans de grandes explications. Jamais je n'avais rien entendu d'aussi pénible : il fallait être raisonnable, Pap n'habitait plus ici..., il avait une autre maison. Steffe irait bientôt la voir, avec moi et, de son côté, Pap reviendrait ici le plus souvent possible.

Sans rien entendre, Steffe suppliait, s'accrochait au pardessus de Pap dont le visage se figeait, devenait inexpressif. Affreux ! Non, à l'avenir mieux valait s'en tenir au téléphone. D'ailleurs jamais, au grand jamais, je n'accepterai d'aller chez Pap. Je le lui dirai en face..., tout de suite !

— Peut-être... si tu veux..., ai-je murmuré.

Mais la porte à peine refermée, j'ai déclaré tout net et bien haut que pour rien au monde je ne mettrais les pieds dans sa nouvelle demeure...

Quand, ce même soir, Mam est revenue du théâtre, je lisais encore. Avant, Pap me grondait, il disait que j'étais une vraie chouette, ce qui, soit dit en passant, ne m'aidait pas à m'endormir. Mam, au contraire, paraît toujours contente de me trouver éveillée. Elle aussi est un oiseau de nuit. Est-ce ma faute si je lui ressemble ?

— Une tartine ? a proposé Mam entrouvrant ma porte.

J'ai fait oui de la tête.

Nous nous sommes installées à la cuisine, comme toujours. Rien ne vaut ces moments d'intimité, la nuit, l'une en face de l'autre : écouter le silence, remuer des pensées dans sa tête, dire quelques mots de temps en temps et finir par un peu de musique.

Perchée sur un tabouret, j'avais chaud et, en même temps, de petits frissons dans le dos. Je regardais fixement la bougie qui n'était plus qu'un point jaune lumineux. Mam sentait le théâtre, une odeur à la fois acide et douceâtre. Pas question pour moi d'être une actrice plus tard, mais je reconnais volontiers que c'est un métier épatant. Jamais les autres gens ne rentrent du travail avec cet air heureux et ces yeux brillants.

Silencieuse, je pensais à Jonas. Plairait-il à Mam ? Elle est très accueillante en général, pas critique pour un sou, ni malveillante. Curieuse, plutôt. Mam s'intéresse aux gens pour eux-mêmes. « Ce sont, dit-elle, leurs défauts plus que leurs qualités qui nous aident à les comprendre et à les aimer. » Elle les prend comme ils sont. Ses amis sont bien plus intéressants et amusants que ceux de Pap. Pap, lui, veut que tout soit net, clair, en ordre, les gens comme les maisons.

— Pourquoi refuses-tu d'aller chez Pap ? m'a demandé soudain Mam, à sa manière directe si caractéristique.

— Parce que..., ai-je répondu sans plus.

— Entre nous, Madde, pourquoi ? a-t-elle insisté de cette voix basse et confidentielle qui me donne l'impression d'être une grande personne et de parler à une amie.

— Parce que ! ai-je répété, haussant les épaules, les yeux fixés sur mon verre de lait. Je ne peux pas te l'expliquer. Parce que j'ai peur de me mettre à pleurer devant lui, peut-être.

— Tu en as entendu parler ?

— Parler de quoi ?

Je ne comprenais pas.

Mam s'est versé un doigt de vin rosé, additionné de

beaucoup d'eau et j'ai senti mon cœur se serrer. L'angoisse !

« Attention, Madde ! ai-je pensé. Attention ! Elle va t'annoncer une nouvelle catastrophe, ça se voit sur sa figure. »

Mam a plusieurs visages. Celui que j'avais en face de moi était grave.

— J'ai entendu parler de quoi ? ai-je repris, tout en redoutant la réponse.

Mam s'est longuement beurré une tranche de pain, a coupé une mince lamelle de fromage et l'a déposée sur la tartine. Ses gestes étaient si lents que j'en avais des fourmis dans les jambes. J'ai serré mes genoux dans mes bras.

— Quoi ? dis-je.

Mam, alors, m'a raconté que Pap avait quelqu'un d'autre. Une autre femme qu'il aimait bien. C'était à cause d'elle qu'il nous avait quittés. Mais tous deux, Mam et lui, avaient décidé de ne pas nous en parler tout de suite, à Steffe et à moi.

Et voilà pourquoi Pap était parti !

Parce qu'il avait « quelqu'un d'autre ». Une femme qui s'appelait Siv.

Siv ! Un nom horrible.

— Peut-être en as-tu entendu parler, a conclu Mam d'une voix lasse. Je te l'aurais dit..., un peu plus tard. Mais nous avons décidé...

— Oh ! Ça va. Assez de salades ! ai-je crié.

Et je suis partie dans ma chambre en claquant la

porte. J'aurais voulu mourir d'un seul coup. Et puis, la rage m'a prise, j'ai envoyé promener mon oreiller. J'avais envie de tout casser ; je débitais tous les gros mots que je connaissais..., les pires.

« Pas vrai..., pas vrai... » Ces deux petits mots me martelaient la cervelle. Il existe pourtant des choses qu'il faut oublier, chasser de sa pensée.

« Nous avons décidé tous les deux... », avait dit Mam. De jolis parents ! Ah oui ! Qui décident comme ça, tout seuls, tranchent les questions les plus importantes sans même demander leur avis à ceux que cela touche en premier.

« Décidé tous les deux... » Pour nous éviter cette peine, n'est-ce pas ? Merci. Vous êtes vraiment trop gentils.

— Moineau chéri...

Mam était devant moi. Je ne l'avais pas entendue entrer. Après m'avoir caressé la joue du bout des doigts, elle reprit :

— Mon moineau chéri, je croyais que tu t'en doutais. Tu es assez grande pour connaître la vérité, et je préfère te la dire moi-même, sans courir le risque que d'autres ne te l'apprennent.

Je me suis redressée bien droite pour lui montrer que je voulais rester seule. Oh ! Si seule !

— Pap et toi, vous me dégoûtez, ai-je dit d'une voix entrecoupée. Je ne resterai pas un jour de plus ici, c'est sûr. J'en ai ras le bol de vous deux ! Vous arrangez tout comme ça vous chante, sans penser une minute à nous.

Je te déteste parce que tu ne fais rien. Tu as laissé partir Pap, et tu restes là, calme, tranquille ; tu ris, tu fais les courses et, le soir, tes singeries au théâtre, comme si rien n'avait changé. Tu laisses tout aller, tu t'en fous...

— Chérie, voyons...

Mam a voulu me prendre dans ses bras, mais je l'ai repoussée et je me suis réfugiée tout en haut de mon lit, serrant mon oreiller contre moi.

— Pourquoi n'as-tu pas défendu à Pap de s'en aller ? ai-je dit d'une voix rauque. Peux-tu me l'expliquer ? Tu prétends toujours que nous ne devons pas avoir de secrets les uns pour les autres. Agir au grand jour. Et tu viens me dire que vous avez « décidé d'un commun accord » de vous séparer. J'avais mon mot à dire dans l'histoire, non ? Je l'aurais supplié de rester. Mais tu as simplement dit : « Fais comme tu voudras. » Naturellement. Parce que tu te fiches bien de lui, c'est clair. Lâche ! Tu es lâche et ça te serait bien égal si je partais moi aussi, avec Steffe. Tu es fausse, entends-tu, fausse. Tu m'as trompée...

Je ne savais plus ce que je disais, et pourtant, je faisais attention de ne pas crier trop fort, afin que Steffe, attiré par le bruit, ne vienne pas encore compliquer la situation. Nous n'avions pas besoin de l'entendre hurler.

Mam m'a caressé les cheveux, mais j'ai continué à dire des horreurs. Dans mes colères, quand je n'en peux plus, Mam me caresse tendrement la tête. C'est bon. Ça fait du bien.

À bout de souffle et de forces, je me suis tue. J'aurais voulu mourir.

— Moineau chéri, laisse-moi t'expliquer. Si tu voulais bien m'écouter...

Elle avait gagné. J'ai vu des larmes dans ses yeux et je me suis jetée à son cou. Nous avons pleuré ensemble. Sa joue était humide. Humide et chaude. Elle avait l'air d'une petite fille. Jamais je n'avais pleuré avec Mam. Avec personne, d'ailleurs ; on préfère être seul, en général. Peut-être était-ce parce que nous partagions le même chagrin. D'habitude, c'est l'un qui pleure et l'autre qui console.

Je tenais Mam dans mes bras et je la berçais, presque comme le faisait Pap avec nous quand nous étions petits. Plus maintenant. Je ne le supporterais pas.

Seule, la très belle musique fait pleurer Mam. Ou encore quand elle a obtenu un nouvel engagement au théâtre. Ce sont alors des larmes de joie.

— Pourquoi ne lui as-tu pas demandé de rester ? ai-je chuchoté au bout d'un instant.

Mam a soupiré et caché son visage entre ses mains. Quand elle les a retirées, elle était plus calme. Vieillie, semblait-il. À cause de l'éclairage, peut-être.

— Nous avions à peu près ton âge quand nous nous sommes connus, a-t-elle commencé lentement. J'ai toujours été la plus forte, celle qui décidait. Pap semblait d'accord ; il aimait bien que je prenne tout en main, la maison, l'installation, les vacances, les amis, enfin tout. Et puis, peu à peu, il s'est aperçu qu'il préférait vivre d'une autre manière, qui n'était pas la mienne. Nous étions de plus en plus différents, avec des goûts opposés. Parfois, nous avions l'impression de ne plus nous connaître. C'était affreux. Je pense, vois-tu, que tout être humain possède sa vie propre et que personne n'a le droit de l'empêcher de la mener à sa guise. Pap est libre de choisir l'existence qui lui convient. C'est juste. J'étais trop forte, trop absolue pour lui et, de son côté, il était trop faible pour moi. Jusqu'à maintenant, il n'a pas vécu sa vie, mais la mienne, celle qui me plaisait. Il ne faut jamais imposer sa loi aux autres, moineau chéri.

Mam avait beau dire, je ne pouvais pas admettre qu'une décision si pénible, qui faisait tant de mal, soit juste et bonne. Ça me révoltait.

— Alors, chacun dans la vie doit faire ce qui lui plaît, comme il veut ? ai-je protesté d'un ton agressif.

— Est-ce mieux d'accepter ce qu'on ne veut et ne peut plus supporter ? a répondu Mam.

Tout en parlant, elle me caressait les cheveux. J'étais lasse, lasse. Mam attendait, à genoux au bord du lit. Je me sentais perdue, vidée ; tout dansait dans ma tête. Une seule pensée restait nette : jamais je ne pourrais m'en aller, quitter Mam et j'aurais voulu le lui dire.

Je me suis endormie ; j'ai encore senti sa main sur ma tête, ses doigts qui m'effleuraient la joue, et puis... rien !

5

Mon Jonas

— Tu aimes les têtes-de-nègre ? m'a demandé Jonas un jour à la sortie de l'école.

Il nous attendait, Cessi et moi, sur le trottoir, parmi d'autres garçons. À peine nous a-t-il aperçues, qu'il s'est dirigé vers nous. Il y a des jours bénis dans la vie.

Nous étions en décembre et il faisait très froid. Jonas avait enfoncé son bonnet de laine rouge jusqu'à ses yeux qui paraissaient encore plus bleus.

— Les têtes-de-nègre ? Si j'aime ça ? Et comment !

— Non, tu préfères les macarons à la noix de coco, a coupé Cessi maligne. Moi, par contre, j'adore les têtes-de-nègre.

Jonas a couru au kiosque, pendant que Cessi et moi

l'attendions en sautant d'un pied sur l'autre pour nous réchauffer.

Il est revenu avec deux têtes-de-nègre, une pour moi, l'autre pour lui.

— Tu aimes mieux les macarons, a-t-il dit à Cessi, qui a fait une tête longue comme ça.

J'ai failli m'étrangler de rire. Dommage qu'il ait jeté les collerettes en papier ; j'avais envie de les garder en souvenir. Des collerettes en papier ! L'amour vous rend stupide.

J'aurais bien voulu aussi conserver ma tête-de-nègre, mais elle était gênante à porter et j'avais les doigts gourds. J'ai commencé à en grignoter un bout. Exquise ! Jamais je n'en avais mangé de meilleure.

Jonas a englouti la sienne en deux bouchées et il lui est resté de la crème au coin des lèvres. J'ai voulu l'enlever et il m'a mordillé le doigt. J'ai ri. Le monde était beau, lumineux. Il a mendié un bout de ma tête-de-nègre et a pris mon poignet pour mordre plus facilement dans le gâteau. Il n'avait pas de gants et j'ai senti ses doigts sur ma peau.

Je l'aimais plus que tout au monde. J'ai léché l'endroit qu'il venait de grignoter, nous nous sommes regardés et nous avons éclaté de rire.

— Vous avez bientôt fini de roucouler ? Avancez donc ! a grogné Cessi agacée.

Marcher à côté de celui qu'on aime, c'est fantastique. Divin ! Jonas bavardait avec Cessi, mais je ne les écoutais pas. Je me sentais gonflée de joie, sur le point d'exploser, avec encore le goût du chocolat dans ma bouche. Jamais plus je ne me laverai les dents.

Nous étions en plein hiver, un mercredi, et j'avais dépensé tout mon argent de la semaine. Mon pantalon était vieux, trop court et le froid rougissait mon déplorable appendice nasal.

Dans le métro, nous avons été séparés par une armée de ménagères qui revenaient du marché, se félicitant de leurs achats. Toutes les mères ne sont pas pareilles, heureusement. J'essayais de me représenter comment pouvait être celle de Jonas. Par-dessus les gens, il m'a adressé un sourire et un clin d'œil. J'ai pouffé.

— Tiens-toi, folle, m'a soufflé Cessi en me pinçant le bras.

— Merci, grand-mère, ai-je riposté en riant de plus belle.

Quand nous sommes descendus, Jonas n'a rien dit ; mais dans la rue, au lieu de tourner à gauche, il a pris le même chemin que nous.

— Tu ne rentres pas chez toi ? a remarqué Cessi.

— Nous avons déménagé, a-t-il rétorqué.

J'ai sursauté :

— Quoi ? Comment ? Où ? avons-nous crié ensemble, Cessi et moi.

— Déménagé chez Madde, a-t-il complété, me poussant du coude.

Je suis devenue toute rouge, mais Cessi, l'horrible créature, a relevé le gant :

— Vraiment ? C'est nouveau ? a-t-elle raillé.

— Flambant neuf ! a riposté Jonas, en me lançant un coup d'œil.

Enfin nous sommes arrivés devant la maison de Cessi. Avec une grimace moqueuse, elle nous a quittés. Je savais qu'elle me téléphonerait tout à l'heure.

Nous étions seuls, Jonas et moi. De légers flocons de neige tourbillonnaient autour de nous. Il a pris ma main, la gauche, et l'a glissée avec la sienne dans sa poche. Nous avons marché, la main dans la main. Personne ne m'avait jamais tenue ainsi. Je sentais sa peau moite et j'avais un peu peur. La peur et la joie me faisaient courir de petits frissons dans le dos. J'ai serré le poing pour que ma main entière disparaisse dans sa grosse patte chaude, dure et douce en même temps, comme un nid moelleux.

— Quel âge as-tu au juste ? m'a-t-il demandé.

— Presque quatorze ans, ai-je répondu.

J'étais au septième ciel.

— Oh ! là ! là ! a-t-il dit avec un petit sourire.

Me trouvait-il trop jeune ? Il devait bien s'en douter, pourtant.

— Et toi ? ai-je interrogé.

— Quinze ans et quatre mois.

— Oh ! là ! là ! ai-je riposté.

Et nous avons ri. La vie devrait toujours être aussi belle.

Devant la maison, nous avons rencontré Steffe et ses copains. Naturellement. Sinon Jonas m'aurait embrassée, j'en suis sûre. À mesure que nous approchions, ces maudits mioches se sont mis à ricaner bêtement. À leur âge, j'en aurais fait autant, sûrement. Mais les garçons sont pires que les filles. Steffe, bien entendu, pense le contraire.

— Celui qui a le bonnet rouge, c'est Steffe, mon petit frère, ai-je dit.

Steffe a repris son sérieux et a répondu au signe de tête de Jonas.

Jonas m'a quittée devant l'entrée, mais j'ai emporté son image dans mon cœur, et elle ne m'a pas abandonnée de la soirée : pendant que je mettais le couvert, au dîner ensuite. Toujours je sentais ma main blottie dans la sienne. Par bonheur, il y avait du poisson, donc rien à couper, je n'avais pas besoin de me servir de ma main gauche.

— Madde a un bon ami ! a déclaré Steffe tout à coup au moment du dessert.

— Vraiment ? Gentille comme elle est, ça ne m'étonne pas, a tranquillement répondu Mam tout en pelant sa pomme.

En pareil cas, Mam est impeccable. Si Pap avait été là, il se serait écrié :

« Comment ? Quel est son nom ? Dans quelle classe est-il ? Pas un de ces sauvages à la crinière flottante, j'imagine ? »

Si bien que la langue vous démange et qu'on a envie de répondre : « Naturellement, j'ai été chercher un gorille au zoo et le gardien a ouvert la porte de sa cage pour lui permettre de sortir avec moi ! »

J'ai tiré la langue à Steffe qui, ravi, a continué :

— Ils s'adorent et marchent en se tenant par la main.

— Ah oui ? Et ça ne t'arrive jamais de te promener la main dans la main avec une petite fille ? a demandé Mam, la tête légèrement penchée de côté. Une gentille amie que tu aimes bien. Sara aux longues nattes, par exemple.

Steffe et Sara aux tresses étaient un sujet de plaisanterie chez nous. Ils étaient dans la même classe. Je n'ai pas pu m'empêcher de rire et je me suis sentie mieux. Rire de bon cœur soulage. Même sans Jonas. Et j'étais contente que Mam ait aussi bien pris l'affaire, sans me bombarder de questions, ni de recommandations.

Les enfants supportent mal la plaisanterie, chacun le sait. Aussi ai-je reçu de Steffe un bon coup de pied sous la table. J'ai failli pousser un cri et, pour un peu, je lui aurais rendu la monnaie de sa pièce. La vache ! J'allais avoir un beau bleu au mollet ! Heureusement, nous étions en hiver et je portais des pantalons.

Follement heureuse à cause de Jonas, furieuse contre Steffe, je n'en étais pas moins sur des charbons ardents. Mam coupe toujours le téléphone pendant les repas, pour ne pas être dérangée. Au contraire, l'idée que quelqu'un peut appeler sans que nous le sachions, me rend malade. Mam secoue la tête et prétend que, si c'est important, les gens sauront bien rappeler. Les grandes personnes ne se rendent pas compte de ce que peut représenter un coup de fil.

À peine la dernière bouchée avalée, j'ai remis le récepteur en place. Et dring..., aussitôt la sonnerie a retenti.

Ce n'était que Cessi.

— Raconte ce qui s'est passé... tout, depuis le commencement !

— Il n'y a rien à raconter, ai-je répondu froidement.

Mais elle a insisté, prié, menacé : « Qu'a-t-il dit ? T'a-t-il embrassée ? Quand vous reverrez-vous ? Raconte, voyons ! »

Nous nous sommes juré, Cessi et moi, de tout nous dire. Toujours, tant que nous vivrons. Et voilà que je n'avais aucune envie de lui parler de Jonas. Il était à moi – à moi seule. Je ne voulais pas que Cessi me l'abîme.

— Il t'a embrassée ?

— Oh ! Assez. Ça va !

— Nous avons juré, tu sais...

— Suffit ! Tais-toi ! ai-je crié.

Mais j'ai promis de la rappeler plus tard, quand Mam serait au théâtre et Steffe dans son lit.

Elle n'en finissait pas de papoter. Je ne tenais plus en place tant je craignais que Jonas ne m'eût appelée pendant que nous causions.

Je ne me trompais pas. Le combiné à peine posé, la sonnerie s'est fait entendre et c'était Jonas. Hourra !

— Tu n'en finissais pas de parler. Avec qui ?
— Cessi, naturellement.
— Tout ce temps !
— Oh ! Pas tellement.
— Trente-deux minutes.

Pas possible ! Depuis une demi-heure il essayait de m'appeler. Rien ne pouvait m'être plus agréable que la pensée de ces trente-deux minutes. Assise par terre, je tenais l'appareil entre mes mains.

Nous ne savions pas très bien que nous dire. Brusquement, il a demandé :

— Tes parents ont divorcé, n'est-ce pas ?
— Mmm..., ai-je répondu vaguement.

Pour l'instant, Jonas seul m'intéressait.

— Ça te fait de la peine ? a-t-il poursuivi.

Vrai, ce n'était pas le moment de geindre, alors que je me sentais sur le point d'éclater de joie. Avec effort, je tentai de rentrer dans la réalité :

— Oui..., par moments je trouve que c'est triste, ai-je reconnu.

J'étais contente de pouvoir en parler avec Jonas.

— Moi, mes parents n'ont jamais été mariés, a-t-il repris. Nous avons toujours vécu seuls, ma mère et moi, et tout va très bien.
— Tu vois ton père quelquefois ?
— Oui, de temps en temps, m'a répondu Jonas d'un ton neutre. Quand ça se trouve. Je le considère comme un étranger, et ça se passe très bien. Je connais mieux Maman. Seulement, quand je vais chez des

camarades qui ont leurs deux parents, je me fais l'effet, comment dire, de marcher sur une seule jambe, tu comprends ?

Si je comprenais ! Cette manière de s'exprimer me plaisait infiniment. Mais notre conversation a été interrompue parce que sa mère est entrée, et il ne pouvait plus rien dire devant elle. Je l'ai tout de suite compris au son de sa voix qui était brusquement devenue terne, banale, celle que l'on prend devant les grandes personnes.

Nous nous sommes dit « au revoir » plus de cinq fois.

— Raccroche la première, a dit Jonas.

Je n'ai pas pu m'empêcher de rire. J'ai refusé : à lui de couper le premier. Nous nous sommes renvoyé la balle pendant un bon moment. C'était trop drôle. J'étais heureuse, heureuse !

Steffe est entré et m'a regardée.

— Tu es malade ?

Je l'ai pris dans mes bras et entraîné dans une ronde folle. Naturellement, il s'est débattu. Un marmot de son âge ne peut pas comprendre !

Rentrée dans ma chambre, j'ai mis un disque et j'ai dansé toute seule dans le noir. J'étais en nage, mais légère, joyeuse. Je regrettais de ne pas avoir eu le temps de parler davantage de Pap avec Jonas, de cette personne qui s'appelait Siv, dont je ne voulais même pas prononcer le nom.

À partir de ce jour, mes rencontres avec Jonas

ont rempli ma vie et, curieusement, le divorce de mes parents a perdu de son importance à mes yeux. Ce n'était plus « ma » catastrophe. Certes, je trouvais toujours très triste, lamentable même, que Pap n'habite plus avec nous et que Mam, Steffe et moi ne formions plus qu'une moitié de famille. Triste, mais pas oppressant. Le nom de Siv lui-même me laissait presque indifférente, car nous étions un peu dans la même situation, Jonas et moi, avec chacun une demi-famille. Cela le soulageait peut-être de penser que, moi aussi, j'étais obligée de « marcher sur une seule jambe ».

Oui, il s'agissait de la catastrophe de Mam, pas de la mienne. Je n'avais plus qu'une idée en tête : Jonas. J'étais plus gentille à la maison, plus complaisante, même avec Steffe. J'acceptais de l'aider dans ses devoirs de calcul, je me chargeais de la vaisselle tous les soirs et me levais le matin sans rechigner. Que m'importait ? J'avais Jonas en moi !

— Là, tu vois, je te l'avais dit. Vous êtes trop choux tous les deux, à ne pas vous quitter, susurrait Cessi en se rengorgeant, comme si Jonas était une poupée de caoutchouc qu'elle m'avait offerte en cadeau.

Cessi, ma meilleure amie, me pesait. Je n'avais ni le temps, ni l'envie de la voir et surtout pas avec Jonas. Aussi nous accompagnait-il rarement à la sortie de l'école. Il me téléphonait ensuite, le soir. Je préférais rester seule et penser à lui. Toutes les filles amoureuses d'un garçon me comprendront.

— Comment s'appelle-t-il ? s'est informée Mam, un soir, alors que nous étions attablées devant nos tartines nocturnes.

— Jonas, ai-je répondu et, tout en parlant, j'ai cru le voir dans notre cuisine, il m'a semblé entendre le son de sa voix, sentir la chaleur de ses mains.

Perdue dans ma rêverie, j'avais pour ainsi dire oublié Mam. Les coudes sur la table, le menton appuyé sur ses mains, elle souriait, mais ses yeux restaient graves. Lentement, sans paraître me voir, elle a murmuré, comme pour elle :

« Maman me choie,
Me berce, me veille
Parfois me surveille.
Partage mes joies,
Essuie mes pleurs.
Afin que, femme devenue,
Vers le premier venu,
Je coure chercher le bonheur
Et sente se briser mon cœur. »

Un joli petit poème que je ne connaissais pas. Plus tard, j'ai demandé à Mam de me l'écrire. Ce soir là, j'ai éclaté de rire.

— Mon cœur n'est pas brisé. Pas la moindre fêlure, ai-je dit. Au contraire, il est comme un petit pain bien levé, rond et chaud.

Mam a souri avec indulgence. Je lui ai parlé de Jonas... un peu, ce que l'on peut dire à des parents.

— Invite-le à venir te voir un de ces soirs. Ça vous reposera du téléphone.

— Oh ! Je peux ? Tu permets ?

J'étais folle de joie.

— Pourquoi pas, moinillon chéri ? Tu sais que tes camarades de classe sont toujours les bienvenus ici.

— Les camarades de classe, oui, ai-je murmuré.

Nous nous sommes regardées, Mam et moi, et nous avons ri..., un petit rire, moitié gai, moitié sérieux. Mam avait compris. Elle savait que j'étais amoureuse. Amoureuse à fond, des pieds à la tête !

— Si tu es contente, tant mieux. Moi aussi ! a-t-elle conclu.

Et pourtant, elle ne connaissait pas encore Jonas.

Plus tard, dans mon lit, après que Mam m'eut bordée et quittée avec une petite tape sur la joue, j'ai tout à coup compris qu'elle n'avait plus personne pour l'aimer. Quelle tristesse ! À présent que j'avais Jonas à moi, elle devait se sentir encore plus seule. Vivre auprès de gens qui s'aiment rend la solitude plus pénible encore.

Et cependant elle avait dit : « Si tu es contente, moi aussi. » Alors qu'elle devait être si triste, au fond.

J'ai essayé de me souvenir de ce que j'étais avant de connaître Jonas et je n'y suis pas arrivée.

Tout m'était égal maintenant, en dehors de lui. Sortir avec Cessi, aller au cinéma, faire du lèche-vitrines avec elle ? Peuh ! Que Mam rapporte des billets de théâtre ou que Pap vienne nous voir ? Aucune importance ! Jonas seul m'intéressait. C'était lui que je voulais. Pour une promenade à deux, la main dans la main, j'aurais donné tout le reste, sans hésiter.

6

En visite chez Papa

Un dimanche, nous sommes sortis, Steffe et moi, avec Pap. Un pique-nique en forêt, comme avant la catastrophe, sauf qu'autrefois, nous étions quatre.

Mam nous a préparé des sandwiches et une thermos de chocolat bouillant. Elle s'est penchée à la fenêtre, pour nous voir grimper dans l'auto de Pap, qui était la nôtre, avant.

J'avais les nerfs à fleur de peau ; j'étais triste sans savoir au juste pourquoi. Je m'en voulais – à Pap et à Steffe aussi, d'ailleurs – de laisser Mam toute seule. Elle nous souriait et nous faisait des signes d'adieu. La journée serait mauvaise, ratée, je le savais d'avance.

La voiture rangée, nous avons pris le chemin de la forêt. J'aime les sorties, d'ordinaire : l'air est pur, léger, on se sent libre, dégagé de tout souci. Mais aujourd'hui, j'avais la gorge serrée, je me sentais au bord des larmes. Curieux, n'est-ce pas ?

— Regardez, c'est beau ! a dit Pap.

Et nous avons admiré l'arbre qu'il nous montrait.

— Écoutez ! Un pic ! a-t-il repris un peu plus loin.

Nous avons tendu l'oreille : oui, un pic, évidemment.

— Et cette mousse, si verte et si douce, a poursuivi Pap.

Il avait raison, la mousse ressemblait à un tapis moelleux. Hélas ! Je ne pensais qu'à Jonas. Un peu à Mam et de nouveau à Jonas.

À la queue leu leu, nous avons enfilé un sentier ; Steffe marchait en éclaireur, suivi de Pap. J'ai essayé de jouer le jeu, mais je me sentais lourde. Comme si j'avais traîné en moi des kilos de mousse détrempée. Pour un peu, je me serais couchée par terre, afin de ne rien voir, de ne rien entendre. Finalement, nous nous sommes installés sur quelques grosses pierres, et nous avons sorti nos provisions. Pap a posé ses questions habituelles sur la classe : Cessi, Please, les notes de Steffe, ses copains. Nous avons répondu, répondu, répondu.

Par moments, j'avais l'impression de retrouver le bon vieux Pap devant qui je disais tout ce qui me passait par la tête parce que je l'aimais et qu'il nous aimait. Sauf que Mam n'était pas là. C'est plus fort que moi, chaque fois que je suis seule avec Pap, j'ai horriblement besoin de retrouver Mam. Et, à peine de retour à la maison, je voudrais, oh, tellement, entendre Pap rentrer comme autrefois et crier dès l'entrée : « Hep ! C'est moi. Bonjour, tout le monde ! »

Aujourd'hui, toujours sur ma pierre, je pensais à Jonas. Charmant dimanche, en vérité, rendez-vous compte !

Fermant les yeux, je m'efforçais d'évoquer le cher vieux Papa d'autrefois. Il était là pourtant, assis en face de moi, parlant d'un film rasant sur la pollution qu'il avait vu récemment. « Oui, me répétais-je, il y a une Siv. Je le sais et tu n'en parles pas. Celle-là, tu la caches ! »

J'en venais à me demander si, réellement, il ne s'était pas toujours montré aussi lâche, ayant peur de la réalité et repoussant toute explication, jusqu'à ce que ce soit trop tard ?

Les enfants s'imaginent que leurs parents peuvent tout, n'ont jamais peur et ne reculent devant rien. Ces derniers temps, j'ai commencé à comprendre que les parents sont des gens comme les autres, pleins d'angoisses, d'incertitudes, de compromis et de regrets. Je les prenais pour Tarzan ou la marraine de Cendrillon. Maintenant, je sais que la vérité est bien différente.

« Il faut apprendre à aimer les défauts des autres », professe toujours Mam. Pourquoi devrais-je aimer le fait que Pap est là, devant moi, sans dire un mot de cette Siv ? Aimer qu'il se montre aussi lâche ? Ça ne tient pas debout.

Pourtant, moi non plus je ne parle pas de Jonas, bien que je pense sans cesse à lui ! Donc, je suis lâche moi aussi, je ne vaux pas mieux que les autres. Je raconte ce que je veux et je garde le reste pour moi.

De plus en plus mal à l'aise, je lorgnais Pap du coin de l'œil. Éprouvait-il pour cette Siv les mêmes sentiments que moi pour Jonas ? Bavardant avec Steffe, ne souhaitait-il pas, au fond de lui-même, retrouver sa Siv, comme moi mon Jonas ? Cessi, par exemple, était ma meilleure amie, et je ne désirais pas l'avoir auprès de moi. De même Pap ne tenait pas à la présence de Mam. À y bien réfléchir, la réalité n'était pas simple. Il y avait plusieurs manières de l'envisager. « Pas étonnant que tout paraisse si compliqué, embarbouillé », ai-je pensé à part moi.

— Quelles sont ces profondes méditations ? Un sou pour tes pensées ! a soudain dit Pap avec un petit sourire.

Je me suis rendu compte qu'il m'avait adressé la parole à plusieurs reprises sans obtenir de réponse.

— Des méditations ? Non, pas du tout, ai-je murmuré en devenant très rouge.

Le froid vif justifiait la couleur de mes joues, je l'espérais du moins.

— Bon, bon ! Je te demandais ce qui te ferait plaisir pour Noël.

— Noël ? Ah oui !

Prise au dépourvu, je n'avais aucun désir à formuler. Je me reprochais amèrement de ne pas avoir écouté Pap. Il s'en était aperçu, certainement.

— Nous pensons, Mam et moi, qu'il n'est pas raisonnable de dépenser tant d'argent pour de simples fantaisies, ai-je marmonné. Ça n'empêche pas de fêter Noël en famille.

Voyant Pap se lever brusquement et brosser son pantalon pour en faire tomber les brindilles, je compris que je l'avais blessé. Alors qu'il se préparait à passer Noël avec sa Siv !

Franchement, je n'y avais pas mis de mauvaise intention. Je parle souvent sans réfléchir, sans me douter que mes paroles risquent d'atteindre profondément celui auquel je m'adresse. Je m'en aperçois toujours trop tard. Alors je dis n'importe quoi pour changer de sujet et je tombe à côté.

Était-ce le cas aujourd'hui ?

Rentrés en ville, nous sommes allés déjeuner au restaurant, ce qui normalement fait partie des grands plaisirs que les parents procurent à leurs enfants en certaines occasions.

J'en étais malade d'avance.

S'offrir, le lundi matin, une légère indigestion qui vous permet de ne pas aller en classe, n'a rien de désagréable ; mais avoir l'estomac soulevé, au restaurant, devant un menu varié et abondant, ça ressemble fort à une catastrophe.

Finalement, j'ai opté pour une entrecôte avec des

frites, et, ma foi, devant mon assiette, l'appétit est revenu. Steffe avait choisi des croquettes de viande, et Pap le même plat que moi. J'ai eu droit à un verre de bière additionnée d'eau gazeuse, ce que j'adore, et à une glace aux fraises. N'empêche que je me sentais aussi malheureuse qu'une vieille poule promise à la casserole.

Parce que, naturellement, nous devions paraître joyeux et remercier chaleureusement Pap de cette bonne journée. D'après sa voix, il ne semblait pas spécialement heureux lui non plus.

— La semaine dernière, j'ai vu une très bonne pièce, très amusante, a-t-il dit.

Et j'ai pensé :

« Pourquoi dire "je" alors qu'évidemment il était au théâtre avec cette Siv ? » De même, un peu plus tard, quand il a fait allusion à une panne de voiture qui l'avait obligé à marcher durant plusieurs kilomètres, c'était toujours « je ». À croire qu'il se promenait tout seul. Allons donc ! Croyait-il, par hasard, que je gobais cette histoire ? Pourquoi ne pas dire simplement « nous » quand il s'agissait de lui et de sa Siv ? Il n'osait pas. Il avait honte. Ce soir, avec cette Siv, quand il parlerait du déjeuner au restaurant, dirait-il aussi « je » ?

À dire vrai, je crois que j'aurais éclaté si, par un « nous », il s'était associé à cette Siv ; mais, comme toujours, je me sentais horriblement déçue par ce que je considérais comme « la lâcheté de Pap ».

Ainsi, tous trois attablés, nous avons joué la comédie. Si Mam avait vraiment vécu pareille contrainte chaque soir, des mois durant, comment faisait-elle pour ouvrir encore la bouche ?

Avant la catastrophe, nous ne prenions pour ainsi dire jamais de repas en dehors de la maison. Dans les grandes occasions seulement : une visite de Mamie, ou les quarante ans de Pap.

Pourquoi aujourd'hui Mam était-elle absente ? Elle qui aimait tant les sorties, les dîners fins et qui s'extasiait devant une sauce ou une salade raffinée !

Que faisions-nous là, comme trois souches, à nous empiffrer en disant des inepties ? Alors que nos pensées à tous allaient vers des absents.

Les catastrophes ne s'avalent pas avec une gorgée de bière pour les faire passer.

« Savoir tenir compte des autres », dit toujours Mam. « Les prendre en considération. » Est-ce à dire que je devrais savourer gaiement, avec reconnaissance, cette glace à la fraise ? Serait-ce par « considération » pour nous que Pap passe sa Siv sous silence ? Et qu'auprès d'elle, Mam, Steffe et moi n'existons plus ? Non ! Embrouiller les choses à ce point, ce n'est pas permis !

— Tu ne te sens pas bien ? s'est informé Pap au moment où, enfin, il nous déposait devant notre porte.

— Si, merci, mais j'ai mangé un peu trop de glace, ai-je répondu.

Pap a fait semblant de me croire.

— Demain, ce sera passé, fillette, a-t-il dit. Une bonne nuit et il n'y paraîtra plus.

Comme à une gamine de cinq ans !

Steffe, par contre, était excité, déchaîné. Je pouvais à peine le supporter. Heureusement, Mam était partie au théâtre, sinon, je ne sais pas ce que je serais devenue. Je détestais Pap et cette Siv qui avaient gâché tout mon dimanche.

— Le meilleur dimanche de ma vie ! a soupiré Steffe quand, enfin, j'ai obtenu qu'il aille se coucher.

Assise sur le bord de son lit, j'ai bavardé un moment avec lui. Je l'enviais, j'aurais tant aimé redevenir une toute petite fille, inconsciente, incapable de comprendre cette lamentable histoire.

Après quoi, j'ai appelé Jonas, moi la première, ce qui ne m'était encore jamais arrivé. Et ô miracle, seul point lumineux de cette triste journée, il a répondu tout de suite, lui-même !

Je lui ai tout raconté, et aussitôt, je me suis sentie soulagée.

— Pourquoi n'as-tu pas interrogé ton vieux sur cette Siv ? a-t-il demandé.

Je me suis trouvée toute bête de ne pas y avoir songé. Il a tout de même reconnu que les parents peuvent se montrer d'une incroyable lâcheté, refusant d'affronter la réalité. « À moi, tu peux tout me dire », déclarent-ils à tout bout de champ. « Eux, par contre, ferment les yeux quand, sur le chemin, un éléphant leur barre la route », a conclu Jonas. Et j'ai très bien compris ce qu'il voulait dire. J'ai tout à coup vu Siv devant moi, sous la forme d'un gros éléphant. Cette idée m'a fait du bien.

Après des douzaines d' « au revoir » et de « bonsoir », j'ai enfin posé le combiné. Mais je n'ai pas pu trouver le sommeil. J'étais trop heureuse à cause de Jonas et trop malheureuse pour Mam. Pour la première fois depuis des semaines, j'ai de nouveau souffert de la catastrophe. Si je n'avais pas eu Jonas, j'aurais sangloté, je crois.

Je n'arrivais pas à m'endormir avec toutes ces pensées qui tournaient dans ma tête. L'heure s'avançait, Mam ne tarderait pas à rentrer. Je me suis levée, j'ai placé le pain, le beurre, le fromage, sur la table de la cuisine ; quelques tomates aussi et, une couverture sur les jambes, assise sur une chaise, j'ai attendu. J'avais allumé une bougie.

Rester un long moment seule, triste et perdue dans la nuit, et entendre soudain les pas de la personne que vous attendez, c'est merveilleux ! Toutes les vilaines pensées s'effacent. Il ne reste que la joie.

— Ma poulette blanche ! s'est écriée Mam (elle possède un tas de petits noms pour moi). Quelle chance que tu sois éveillée, j'ai tellement envie de bavarder.

Cessi, quand elle veille tard, se fait attraper par sa mère : « Il te faut huit heures de sommeil au moins, sinon tu seras vieille et laide avant l'âge. Tu ne pourras pas te réveiller demain, et tu auras de mauvaises notes en classe. »

Rien de semblable avec Mam. Elle adore causer, le soir surtout, quand les autres dorment et que le téléphone ne risque pas de sonner.

— Entends-tu la maison qui ronfle ? dit-elle parfois.

Et je prête l'oreille. C'est vrai.

— Bonne journée ? Vous vous êtes bien amusés ? a-t-elle demandé tout en se taillant une tartine.

— Non, pas du tout ! ai-je riposté. Tu n'étais pas avec nous et c'était trop triste de te sentir toute seule à la maison, ai-je ajouté d'un ton amer.

Mam a coupé une tomate en deux et a considéré les moitiés comme pour y chercher une réponse. Peut-être l'y a-t-elle trouvée, parce que, lentement, elle a commencé :

— Je ne sais pas si tu me comprendras, mais ce genre d'expédition ne me tente plus du tout. Nous avons longtemps vécu ensemble, Pap et moi, mené une vie commune. Tu sais ce qu'il en est quand de bons amis commencent à ne plus s'entendre et en ont assez l'un de l'autre. Ils n'en font pas un drame, ne se disputent pas et ne se reprochent rien. De temps en temps, ils se rencontrent volontiers, mais passer une journée ensemble, sacrifier un dimanche, ils n'en ont pas tellement envie.

Sacrifier un dimanche ! Mam disait cela tranquillement, sans amertume ni regret, semblait-il. À croire que la catastrophe n'existait pas. N'éprouvait-elle réellement aucun chagrin ? Était-elle vraiment contente que Pap soit parti ?

— Tu n'aimes donc plus Pap ? ai-je demandé.

Je me suis aussitôt mordu la langue. Je ne tenais pas à connaître la réponse. Et pourtant...

Sans se fâcher, Mam a souri et m'a regardée au fond des yeux ainsi qu'elle le fait quand elle me traite en grande personne. J'aime ces conversations intimes.

— Vois-tu, a-t-elle dit, je me suis parfois posé la question ces derniers temps. Quand j'ai vraiment compris que Pap désirait s'en aller, j'ai eu beaucoup de chagrin et je me suis sentie terriblement seule sans lui. Mais à quoi bon se plaindre, gémir ? Cela ne sert à rien. Et puis, peu à peu, j'ai senti qu'il y avait là, peut-être, une chance pour moi. Celle de vivre une autre vie, une nouvelle vie. Nous sommes restés bons amis, Pap et moi. Meilleurs qu'avant, peut-être. Vivre auprès de quelqu'un que ses goûts et ses intérêts attirent ailleurs est difficile, pesant. Il faut penser aux enfants, ne pas discuter devant eux pour ne pas les troubler, jouer le rôle d'une maman heureuse et gaie, sans souci. Ce n'est pas facile, tu peux me croire.

— J'aurais préféré que vous vous disputiez devant nous pour que nous le sachions, ai-je interrompu. Nous aurions pu en parler ensemble, au moins. Mais vous avez décidé de divorcer tout seuls, sans nous en parler. Je trouve ça moche !

Mam a gardé le silence un instant. Puis elle a repris :

— Peut-être. Ce n'était pas facile de savoir ce qui était le mieux. Mais, si tu regrettes de ne pas avoir assisté à de vraies disputes, tu ne te rends pas compte de ce que cela représente. Personne, vois-tu, n'a le droit d'imposer ce spectacle à ses enfants et de les faire vivre dans une telle atmosphère.

J'ai haussé les épaules. Bien sûr, je ne savais pas ; cependant, je comprenais un peu mieux la situation. Quand nous parlons ainsi avec Mam, je ne suis guère plus avancée après qu'avant, c'est possible, néanmoins j'ai l'impression d'y voir un peu plus clair. Quelques petites portes se sont ouvertes.

— On ne peut plus parler avec Pap, ai-je dit. Il est devenu un étranger... ou presque.

— Oui, je trouve très triste que le contact entre vous ait été si vite rompu, a soupiré Mam. Les jeunes de ton âge changent de semaine en semaine. Tu te développes et, en même temps, tu ne sais plus très bien où tu en es. Tout s'agite et se mêle en toi, les idées, les convictions, les habitudes, pour petit à petit, lentement, se mettre en place, mûrir, jusqu'à ce que tu parviennes à l'âge adulte. Malheureusement, plus on vieillit, plus l'existence se complique. Pour deux êtres que la vie entraîne dans des chemins différents, la seule manière de s'en sortir honorablement est d'en parler ensemble, simplement, avec honnêteté. Ce que l'on garde au fond de soi, sans l'exprimer, vous reste comme un poids sur le cœur.

La catastrophe était-elle réellement un poids sur le

cœur de Mam ? Traîne-t-on ainsi, sa vie durant, des fardeaux insupportables, femme, enfants, mari ? L'avenir était-il ainsi fait ? Avec un soupir, j'ai déclaré que vraiment la vie était une expérience pénible.

— Amusante aussi, a rectifié Mam. Souvent passionnante.

Ainsi, malgré notre absence et sa solitude, sans promenade ni déjeuner au restaurant, je la sentais plus gaie, plus heureuse que moi. Curieux, n'est-ce pas ?

— Quand me présenteras-tu ton Jonas ? a brusquement enchaîné Mam, après un silence. J'aimerais faire sa connaissance.

Rien que d'entendre le nom de Jonas a suffi pour me réconforter. Non sans une certaine appréhension, toutefois.

— Un de ces jours, ai-je murmuré. Mais il n'a rien de sensationnel. Plutôt banal, tu sais, mais si gentil ! Solide et carré. À table, il ne faut pas lui en promettre.

Sur quoi nous avons ri toutes deux.

Mam a débarrassé la table. Je l'ai aidée.

Puis nous avons encore bavardé un moment.

Ainsi, ce malheureux dimanche s'est-il finalement bien terminé.

Un jour, à la fin de la grande récréation, je remontais en classe avec Cessi et une autre fille. Dans le couloir, nous avons croisé Jonas avec plusieurs camarades. L'un d'eux s'est mis à pouffer :

— Visez la petite ! Toute rouge devant son chéri !

— Ça mérite une bise, a suggéré un autre.

Et après, tout est allé si vite que je n'ai pas compris ce qui se passait. Je me suis sentie poussée, bousculée, et je commençais à avoir vraiment peur, quand j'ai vu, tout à coup, la figure de Jonas tout près de la mienne. J'ai compris alors qu'il ne m'arriverait rien de mauvais.

— Allez-y ! Frottez-vous le museau ! a crié une voix derrière moi.

Jonas a passé son bras autour de moi et ses lèvres ont effleuré les miennes. Elles étaient sèches et chaudes.

Et puis il m'a lâchée, j'ai failli perdre l'équilibre, et les garçons, avec de gros rires, ont crié : « Bravo ! »

Jonas a disparu avec sa bande. Cessi ricanait et se moquait de moi, mais je n'écoutais pas un mot de ce qu'elle disait.

Tel a été mon premier baiser. J'avais exactement treize ans, onze mois, cinq jours et sept heures. J'ai fait le calcul plus tard dans mon lit.

Il existe deux espèces de baisers : celui de l'enfant, qui claque, bruyant, rapide, et personne n'y pense plus. Et l'autre, le vrai baiser, celui que l'on voit au cinéma, à la télé. Le mien, ce premier, me satisfaisait entièrement, parce qu'il venait de Jonas. Naturellement, j'aurais préféré que cela se soit passé ailleurs qu'en public, au milieu de ces types ricanants. Un peu déçue aussi, parce que Jonas s'était exécuté tranquillement, comme si c'était l'acte le plus naturel du monde. À croire qu'il ne faisait que ça pendant les récréations ! Pas ému le moins du monde, ni conscient de la gravité du geste. Toute la journée, j'ai balancé entre le bonheur et le regret. La nature humaine est vraiment bien compliquée.

J'ai reçu pas mal de baisers de Jonas par la suite ; je lui en ai donné aussi. Comment savoir au juste quand quelqu'un a envie de vous embrasser ? Jonas prétend que ça se sent. Il a raison, je crois ; mais alors, je ne peux pas m'empêcher de penser que le monde est plein de filles cent fois plus jolies, plus intelligentes que moi, et je panique.

Pour me rassurer, je cours retrouver Jonas et il m'embrasse sur les deux joues. Il sent bon. Nous partons, la main dans la main ; mon gant est au fond de sa poche. J'oublie souvent de le reprendre, et Jonas le garde toute la nuit. Un jour, il m'a confié qu'il l'avait retrouvé sous son oreiller : « Je ne sais pas comment il est venu là », a-t-il dit. Et ses yeux riaient.

Pendant cette période, j'ai très peu pensé à Pap. Pour ainsi dire jamais : Jonas, Cessi, Mam, Steffe et la classe suffisaient amplement à remplir ma vie. Et quand, par hasard, Pap se manifestait au téléphone, je répondais hâtivement, sans trop savoir que dire. « Pauvre vieux Pap », pensais-je et c'était tout.

— Tu ne voudrais pas venir me voir, un soir ? a-t-il demandé.

— Si... Hmmm..., peut-être... bientôt, ai-je bafouillé.

Il n'a pas insisté.

7

Les absents

Pap, tout de même, manquait dans la famille : quand Steffe se tenait mal à table ou chipotait dans son assiette ; quand, dans le silence, seul le tic-tac de la pendule emplissait l'appartement ; quand Mam s'efforçait de nous parler, sans écouter la réponse.

Pourquoi voyais-je tout en noir ? Mam était-elle vraiment triste ? Ou malade ? De plus en plus souvent je sentais monter en moi une sorte d'angoisse. Si Mam tombait malade ? Si elle mourait ? Que deviendrions-nous ? Aller vivre chez Mamie ? Merci bien ! Et jamais, au grand jamais, chez Pap, avec cette Siv !

Quand j'étais petite, je voulais avoir oncle Frasse comme papa et Malla pour maman, si jamais nos parents mouraient. Depuis, Malla est mariée et elle vit en Amérique ; elle ne répond plus à aucune lettre. Impossible de compter sur elle. Oncle Frasse est un vieil ami de toujours. Je l'appelle oncle Frasse, mais son nom est Franz : il est très gentil, gai et gros. Autrefois, dans les temps reculés, il était dans la même classe que Pap et Mam.

Petite, j'imaginais toujours des drames épouvantables : Pap et Mam tués dans un accident, par exemple. Le visage barbouillé de larmes, je courais dans leur chambre et les réveillais pour qu'ils me jurent de ne jamais mourir. Cessi faisait de même. Plus maintenant. Je croyais avoir grandi et oublié ces sottises, mais depuis le départ de Pap, je n'arrivais plus à m'endormir le soir. Je voyais Mam écrasée par une auto en sortant du théâtre.

Et quand, tout à coup, j'entendais ses pas dans le couloir, je courais à sa rencontre me jeter à son cou. C'était fabuleux d'avoir une Mam qui rentrait saine et sauve, sans le moindre accident. En de tels moments, je faisais le serment d'être plus gentille avec elle à l'avenir.

Mam est sensationnelle ! Elle ne vous persécute pas comme la mère de Cessi : « Tu n'es pas assez chaudement vêtue ; ne rentre pas trop tard. Et ne t'en va pas traîner avec des voyous. Tu ne fumes pas, j'espère ? »

Bon gré, mal gré, Cessi est obligée de lui raconter des histoires. Si, par malheur, elle se coupait et avouait qu'en classe, nombreux sont ceux ou celles qui s'offrent une cigarette, sa mère en ferait un drame.

Cessi serait bouclée chez elle. Sa mère fouillerait dans toutes ses affaires ; elle ne s'en prive pas, d'ailleurs. Si la mienne était capable de retourner mes tiroirs sens dessus dessous, je ne resterais pas une minute à la maison. Je filerais loin, loin, n'importe où. Jusqu'en Australie, peut-être.

Cessi, d'ailleurs, fume peu : une cigarette pendant la grande récréation et une le soir, sur le chemin du retour. Je suis tentée parfois, je l'avoue, mais j'ai promis à Pap de m'abstenir jusqu'au jour de mes seize ans.

L'automne dernier, nous en avions grillé pas mal, Cessi et moi, et, un jour, j'en ai eu assez de ces cachotteries, et j'ai déclaré aux parents :

— Je tiens à vous dire que depuis plusieurs semaines, je fume, mais je trouve idiot de le cacher ! Ça vous choquerait si je fumais franchement devant vous, à la maison ?

Mam et Pap fument tous les deux. J'ai bien vu qu'ils n'étaient pas contents. Mam a objecté que j'étais bien jeune et que ce n'était bon ni pour la santé, ni pour le teint, et encore moins pour la bourse. Pap s'est lancé dans de grands discours sur le cancer et a conclu :

— Si, jusqu'à tes seize ans tu ne touches plus à une seule cigarette, le jour de ton anniversaire, je te signerai un chèque de deux mille couronnes.

— Deux mille couronnes ! Tu es fou ! s'est exclamée Mam.

— Tu ne pourrais pas ramener à quinze ans ? ai-je suggéré, assez ébranlée.

— Non, seize ans et deux mille couronnes si tu tiens le pari jusque-là, a déclaré Pap inébranlable.

Depuis, je n'ai plus aspiré une seule bouffée.

— Oh ! Tu charries. Pas besoin de le raconter chez toi, disent les autres quand je leur explique pourquoi je m'abstiens de fumer.

Par-dessus tout, je déteste la fausseté. Si je fumais, ne serait-ce que la moitié d'une cigarette, jamais je ne pourrais accepter l'argent de Pap.

La pensée de posséder un jour deux mille couronnes bien à moi m'excite ; je fais toutes sortes de projets, tous plus fous les uns que les autres : une saison de ski au Tyrol, un séjour sur une plage du Sud où l'on peut se baigner en plein hiver. Ma dernière idée est une grosse moto aux nickels étincelants, et je finirai peut-être par m'offrir tout simplement une belle collection de disques.

— Moi, à ta place, je m'achèterais de jolies robes, disait Cessi.

La toilette ne m'intéresse pas : un pantalon et un pull, je ne connais rien de mieux, et j'ai horreur de courir les magasins. Chaque fois que j'achète une robe neuve, à peine rentrée à la maison, je regrette mon choix et je remets avec bonheur mes vieilles frusques. Une paire de bottes très montantes, peut-être... si Jonas est d'accord.

Au fond, cette proposition de Pap m'agaçait plutôt ; j'avais l'impression de monnayer deux années de ma vie.

À supposer que Mam m'ait promis deux mille couronnes pour ne plus voir Jonas pendant deux ans ? Rien que d'y penser, mon cœur se glaçait.

Je n'aurais pas accepté, d'ailleurs. Surtout cet automne, où tout était si beau. L'approche de Noël et des vacances ajoutait un charme de plus. Je m'en faisais une vraie joie. Si j'avais su !

Pourquoi Noël est-il attendu partout avec tant d'impatience ? C'est enfantin, puéril et si agréable pourtant. Comme si la ville entière participait à la fête. Illuminations, pères Noël à tous les coins de rues, joie, chaleur, gaieté. Et, patatras ! Tout tombe à l'eau !

Première déception : peu de jours avant les vacances, Cessi m'a confié qu'elle prenait l'avion avec ses parents, pour les Canaries. Elle était ravie ; toute la classe l'enviait. Moi aussi.

Après tout, je ne regrettais pas tellement son absence, j'aurais ainsi plus de temps à consacrer à Jonas.

Puis ce fut le bulletin trimestriel : j'avais des notes épouvantables : douze en anglais, huit en suédois, mais, pour le reste, rien que des quatre ou cinq. Cessi, l'horrible créature, récoltait des dix-huit et des vingt à la pelle. J'étais effondrée ! J'aurais voulu me cacher dans un trou de souris et j'osais à peine rentrer à la maison.

— Moi, en tout cas, je te récompense, a dit Jonas avant de me quitter, devant ma porte.

Et, m'attirant à lui, il m'a embrassée à plusieurs

reprises. Soudain, avant de nous séparer, j'ai clairement pris conscience de la réalité : qu'allais-je devenir pendant les vacances ?

Car Jonas partait le lendemain. Il me l'avait annoncé à la fin de la classe, et d'abord, je n'avais pas voulu y croire : c'était une mauvaise plaisanterie, pour éprouver mes sentiments et connaître mes réactions.

Jonas, malheureusement, ne plaisantait pas. Il m'avait prévenue, prétendait-il : une visite chez sa grand-mère à la campagne, et ensuite une randonnée à ski à travers la Norvège, avec des copains. M'en avait-il vraiment parlé ?

— Non, je n'en savais rien. Tu ne m'en as pas dit un mot, ai-je murmuré, les lèvres sèches.

— Moisir ici pendant les vacances, tu parles d'un plaisir ! a-t-il riposté gaiement.

Anéantie, je n'avais plus la force de parler. Je ne trouvais pas mes mots. J'ai haussé les épaules et ébauché une sorte de sourire qui ressemblait plutôt à une grimace. Je lui en voulais d'être heureux, de se réjouir de vacances qui allaient nous séparer durant trois longues semaines.

— J'espère que tu m'enverras des cartes postales, ai-je dit sèchement.

Et il a acquiescé d'un signe de tête avec un large sourire.

Je l'ai planté là, brusquement, pour m'engouffrer dans l'ascenseur, la gorge serrée, seule avec mon chagrin. J'aurais voulu disparaître, m'enterrer n'importe où et dormir jusqu'au 8 janvier, le jour de la rentrée.

En pareil cas, je ne connais rien de pire que de se voir obligée de feindre, de montrer bon visage. À table, je ne savais plus quelle contenance prendre, ni comment refouler les larmes qui m'étouffaient. Je n'ouvrais pas la bouche, tandis que Mam et Steffe bavardaient gaiement. Et, quand Mam m'a interpellée :

— Tiens, Madde, fais donc un sort à cette dernière croquette !

J'ai éclaté en sanglots. Proposer une misérable croquette de viande à un être qui est au bord du désespoir, c'était vraiment la goutte d'eau qui faisait déborder le vase.

— Ma chérie, voyons...

Mam a voulu me prendre la main, mais je l'ai repoussée d'un geste brusque et, naturellement, j'ai renversé mon verre de lait sur la nappe.

— Fichue maladroite ! a crié Steffe.

Je me suis levée et j'ai couru me réfugier dans ma chambre. Mam, heureusement, ne m'a pas suivie et j'ai pu me jeter sur mon lit, pleurer, jurer, trépigner jusqu'à épuisement complet.

Mam admet que l'on puisse, par moments, être au bord du désespoir. Elle est venue me trouver plus tard, avec une boisson réconfortante. Assise au pied de mon lit, elle m'a simplement demandé si elle pouvait connaître la cause de mon chagrin, afin de s'y associer.

Alors je lui ai tout raconté : j'ai parlé de Jonas, de son départ pendant les vacances sans qu'il m'en ait jamais dit un mot, et des trois semaines pendant lesquelles il serait absent : une éternité ! « Pas chic de sa part. Dégoûtant, même », ai-je conclu.

— Il était peut-être tout aussi ennuyé que toi et c'est probablement la raison de son silence, a suggéré Mam.

Mais je n'ai rien voulu entendre. Non, il préférait aller chez sa grand-mère et se promener avec des copains, plutôt que de rester avec moi.

Mam m'a tendrement caressé la joue et, malgré mon chagrin, ce geste m'a calmée. Parler me soulageait aussi.

— Sois heureuse qu'il te laisse pour aller voir sa grand-mère et non pour sortir avec une autre. Ce serait plus triste, a dit Mam.

Je me suis redressée comme une chandelle que l'on vient de moucher. Une pensée venait de me traverser l'esprit : « Pap l'a abandonnée pour une autre femme, ai-je songé. Mam sait ce que l'on éprouve. Et moi, nigaude, qui geins parce que Jonas va passer quelques jours chez sa grand-mère ! »

Elle n'aimait sûrement pas Pap autant que moi j'aimais Jonas. Donc elle ne pouvait pas comprendre. Personne ne sait combien c'est douloureux. Je n'avais qu'une envie : rester seule, ne parler à personne et penser à Jonas. Ce qui, d'ailleurs, était encore pis. Car je savais qu'il n'allait pas en Norvège qu'avec des garçons.

Et cette grand-mère ? Comment savoir si, près de chez elle, il n'existait pas une de ces longues perches blondes, en veste de cuir et bottes vernies, avec de beaux cheveux, une bouche suggestive et un joli petit nez droit ?

Debout devant la glace, je me suis contemplée longuement, avec désespoir. Misère ! L'amour, ça vous fauche un être !

Le lendemain, au réveil, j'ai senti quelque chose de froid et de dur sur mon visage. Vaguement, j'ai entendu la voix de Mam annonçant :

— Une lettre pour toi.

« Une lettre pour moi ? De qui, au nom du Ciel ? » me suis-je demandé dans une sorte de brouillard. Nous étions en vacances. Ne pouvait-on me laisser dormir tranquillement ?

Une lettre. Une lettre !

Du coup l'inquiétude a balayé le sommeil. Précipitamment je me suis levée, j'ai déchiré l'enveloppe, sorti une carte et écarquillé les yeux pour mieux voir.

Avec un cri de joie, je me suis précipitée à la cuisine montrer à Mam de qui provenait cet envoi.

C'était une photo : celle d'un amour de bébé assis dans un petit fauteuil, son ours dans les bras. Au verso, quelques mots :

Pour petite Madde, de son grand Jonas.

— C'est Jonas ! Comme il est mignon ! me suis-je écriée. Un vrai chou. Le plus joli bébé du monde.

Mam s'est essuyé les mains à son tablier et a pris la photo.

— C'est mon Jonas quand il était petit, ai-je expliqué. Il est grand maintenant. Très grand.

— Ah ! vraiment ? a dit Mam.

Et nous avons ri.

Toute la journée je me suis sentie gaie comme une alouette. Une déveine qu'en de tels moments votre meilleure amie se balade aux Canaries. J'ai envoyé à Cessi une longue lettre de six pages pour lui raconter ce qui, ce matin, m'avait rendue si heureuse. Ce n'était pas très gentil ; rien n'est plus déprimant que de recevoir des récits interminables qui respirent l'allégresse, je ne le sais que trop. Mais à quoi, sinon, servirait une amie de cœur ?

J'ai conservé la photo de Jonas avec moi pendant toutes les vacances, dans mon sac, ou sur ma table de nuit, adossée à la lampe.

J'ai trouvé du travail chez un papetier du quartier. J'avais toujours eu envie de manipuler et de vendre du papier à lettres rose pâle, des crayons de couleur, des cartes et des articles de Noël. Mais non ! Ils m'ont claquemurée dans l'arrière-boutique à déballer des cartons de marchandises qu'il fallait ensuite stocker sur des rayons. Le soir, je rentrais épuisée, en nage ; j'avais mal au dos. Je gagnais trente couronnes par jour, somme que je mettais de côté pour m'acheter un pantalon noir... un de ceux qui plaisaient à Jonas.

Mamie, venue de Göteborg pour passer les fêtes avec nous, est, évidemment, tombée en arrêt sur la photo de Jonas.

— Notre petit Steffe tout bébé. Qu'il était mignon ! Je ne connaissais pas cette photo ! s'est-elle exclamée.

— Pas du tout ! C'est le chéri de Madde. Son amoureux ! a trompeté Steffe.

J'ai vu le sursaut de Mamie et son regard. Comme si la photo de Jonas était celle d'un bébé à moi.

— C'est Jonas, mon ami, ai-je expliqué.

Mamie, flairant un secret, a pris la mine gourmande d'une chatte devant un bol de crème.

— Ma petite Madde. Ce n'est pas possible que tu aies grandi à ce point, a-t-elle murmuré d'une voix qui tremblait un peu.

J'aimais beaucoup cette photo de Jonas, mais tout cela m'est apparu soudain incroyablement sot et puéril. J'aurais donné n'importe quoi pour avoir à montrer une photo du vrai Jonas. Restée seule, j'ai caché l'image du bébé sous mon pull.

Une grand-mère qui prolonge son séjour finit par

vous porter sur les nerfs. Deux mères à la maison, c'était trop ! D'autant que c'était à celle qui se montrerait la plus envahissante. Mam exagère toujours devant Mamie qui, de son côté, renchérit. Chacune défend son point de vue, et ça n'en finit plus. Finalement, elles lèvent les bras au ciel d'un air découragé et soupirent : « Fais comme tu t'entends. »

Ensuite Mam, naturellement, agit à sa guise et Mamie s'estime refaite.

Mamie se mêle de tout.

— Tu tolères que cette petite sorte dans la rue en pantalon ? a-t-elle remarqué.

— Parfaitement, a répondu Mam d'un air excédé.

Mamie ne s'en est pas aperçue ou n'a pas voulu s'en apercevoir, car elle a continué à parler de « fillettes si mignonnes dans leurs robes claires ». Mes pantalons, paraît-il, étaient usés jusqu'à la corde et délavés. Inutile de protester et d'expliquer que je les aimais précisément ainsi. Elle n'aurait pas compris.

Pour couronner le tout, Pap, la veille de Noël, est arrivé avec ses cadeaux.

— Tiens, tiens ! Monsieur se manifeste ! a dit Mamie de sa voix la plus acide.

Mam lui a lancé un regard suppliant :

— Je t'en prie, Maman...

Mam était dans ses petits souliers, cela sautait aux yeux. Elle redoutait par-dessus tout un éclat de Mamie ou une allusion déplacée à ladite Siv. Mamie n'avait pas sa pareille pour mettre les pieds dans le plat, et cette veille de Noël risquait de tourner à la catastrophe.

Au début, cela n'a pas trop mal marché. Pendant quelque temps j'ai même oublié, ou presque, que Pap ne faisait plus partie de la maison.

À vrai dire, il se comportait plutôt en invité, sans un geste pour aider à mettre le couvert ou desservir, comme autrefois. Mam a débouché le vin et découpé le rôti.

Nous avions décidé de supprimer la coutume des cadeaux, aussi n'ai-je plus su où me mettre quand chacun a commencé à sortir ses paquets. Je n'avais rien acheté, sauf un canif et un calepin pour Steffe. À dire vrai, j'avais essayé de tricoter un bonnet pour Mam, mais il était distendu au point de pendre dans le cou : ridicule !

Mam en avait acheté un rose pour moi, ainsi qu'un magnifique poncho, plus un peignoir bleu, pour remplacer le vieux. Mamie m'a fait cadeau d'un chandail en mohair blanc qu'elle avait tricoté suivant le modèle d'un journal de mode. Elle est veuve, n'est-ce pas, elle a tout son temps à elle : le genre de grand-mère indispensable au moment de Noël.

Steffe m'a offert une petite glace sur un support qu'il avait lui-même fabriqué à l'école. Je lui ai donné en échange un baiser qu'il n'a pas voulu accepter. Oncle Frasse m'avait envoyé un billet de cinquante couronnes : un peu d'argent fait toujours plaisir.

Le cadeau de Pap est moins bien tombé, et cela m'a

navrée : une montre-sport. Pas de chance ! J'avais la même. Je ne savais vraiment pas quelle contenance prendre.

— Oh ! Merci. C'est trop ! ai-je murmuré en devenant toute rouge.

— Ils m'ont affirmé, au magasin, que le mouvement était excellent, a dit Pap.

— Mais tu as déjà la même ! a claironné Steffe.

Je l'aurais battu ! Si jamais quelqu'un a souhaité disparaître sans laisser de traces, c'était bien moi à ce moment-là.

Naturellement, tout le monde s'en est mêlé, chacun apportant son grain de sel. « Quel dommage... le bijoutier la reprendra peut-être..., à moins que Madde ne trouve à la revendre, en classe... »

— Oh ! Ce sera facile ! ai-je coupé d'un ton léger.

Nul n'ignore que les trafics d'argent entre élèves sont strictement interdits.

Une histoire pareille un soir de Noël, alors que la paix et l'harmonie devraient régner dans les familles, c'est à se taper la tête contre les murs !

Le dîner ensuite a été plutôt réussi, sauf l'air pincé et les remarques aigres-douces de Mamie. Si bien que Pap a fini par se taire. Mam n'ouvrait pour ainsi dire pas la bouche. À la cinquième ou sixième pique de Mamie, elle a chuchoté :

— Maman, je t'en prie, nous fêtons Noël. Paix sur la terre !

— Précisément, a répondu Mamie de sa voix la plus acide.

Mam n'en pouvait plus, cela se voyait. En pareil cas, l'atmosphère générale s'en ressent. Personne n'était à l'aise.

Quand Pap s'est levé pour partir, Steffe a piqué une colère et s'est cramponné à lui en criant : « Je ne veux pas que tu partes ! » Il tirait Pap par un bras. Mam, de son côté, avait attrapé Steffe et le retenait, tandis que Pap s'efforçait de le calmer. Jamais je n'ai rien vécu d'aussi pénible. Les cris de Steffe devaient s'entendre à tous les étages. Mam, pâle, les traits tirés, était visiblement à bout, et Mamie, debout à la porte de la cuisine, soupirait d'un ton plaintif : « Le pauvre petit... le pauvre petit ! »

Steffe n'en hurlait que de plus belle. Pap, agenouillé auprès de lui, l'avait pris dans ses bras et lui parlait doucement à l'oreille.

Pour ma part, réfugiée dans le vestiaire, à l'ombre des manteaux, je me rongeais nerveusement les ongles. Si je m'étais écoutée, je me serais enfuie dans ma chambre, seule, loin de tous. Mais je ne voulais pas. Mam me faisait trop pitié... Mam, la courageuse, la bonne, la sûre Mam, qui retenait ses larmes et avait un regard angoissé. Les mains moites, j'avalais avec peine ma salive.

Les grandes personnes ne sont pas raisonnables. À quoi bon de telles scènes ? Il m'est arrivé souvent de rompre avec d'anciens camarades qui ne me plaisaient plus. Au cas où ils seraient revenus chez nous, je me demande ce que les parents auraient dit si, un soir de Noël, ils s'étaient livrés à un cirque de ce genre ?

— Là, tu vois, tout va s'arranger, a dit Pap au bout d'un instant.

Steffe s'est mouché dans son grand mouchoir, il a encore un peu pleurniché, geint, reniflé.

S'arranger ? Vraiment ! Et de quelle manière ? À croire que tout était pour le mieux dans le meilleur des mondes.

Pap, enfin, nous a dit au revoir et s'en est allé, nous laissant tous les quatre avec notre veillée de Noël complètement gâchée.

— Il vit avec cette personne ? En ménage ? s'est informée Mamie d'une voix pointue.

— Maman, je t'en prie. Pas maintenant ! a coupé Mam.

— Pap est une lavette ! ai-je dit.

Mamie a sursauté.

— Écoute, Madde, a répondu Mam, aucun de nous n'a le droit d'insulter Pap, simplement parce qu'il préfère vivre loin de nous. Il est exactement le même que par le passé, celui qu'il a toujours été, et le fait d'habiter à une autre adresse que la nôtre n'y change rien.

— Je ne comprends pas que tu prennes encore sa défense, a déclaré Mamie.

— Nous n'avons pas le droit de le juger. Depuis l'enfance j'ai vécu auprès de lui, il est une partie de moi et je lui conserve toute mon affection. Je ne permets à personne de dire du mal de lui.

Tout en ayant l'air de s'adresser à Mamie, elle ne me quittait pas des yeux et, sous ce regard, j'ai senti que je devenais très rouge. J'ai pensé à Jonas : si jamais quelqu'un parlait mal de lui, je le défendrais comme une lionne, même si, par malheur, il ne voulait plus rien savoir de moi.

Le silence ensuite a régné dans l'appartement. Mam est allée trafiquer à la cuisine, je suis rentrée dans ma chambre et j'ai mis un disque, laissant Mamie s'occuper de Steffe. Très excité, il parlait et riait comme si rien ne s'était passé.

Mam, alors, nous a fait une surprise. Elle est arrivée, apportant du chocolat bouillant, de la crème fouettée et une montagne de gâteaux. Nous avons allumé toutes les bougies. Un vrai Noël, enfin.

Mam est une sorte de fée qui, d'un coup de baguette, sait chasser la tristesse et ramener la joie.

À moins qu'elle ne fasse semblant ? Car si mes souvenirs sont exacts, ce soir-là j'étais moi-même triste et malheureuse au fond, ce qui ne m'empêchait pas de rire et de savourer mon chocolat. La vie est-elle ainsi faite que, perpétuellement, il faille donner le change et feindre, afin de tranquilliser les autres ?

C'est exactement ce qui s'est reproduit au cours de notre second repas de fête, mais je n'ai pas aussi bien réussi que Mam.

Pap avait manifesté un seul désir pour Noël : celui

de nous recevoir à déjeuner chez lui, afin que nous sachions enfin où il habitait. Rien que d'y penser, j'avais le trac. Chaque jour nous rapprochait de la date choisie et, le moment venu, il a bien fallu s'exécuter.

En chemin, Steffe n'a pas ouvert la bouche, malgré mes efforts pour le distraire. Visiblement, il avait aussi peur que moi. Quand, nous donnant la main, nous avons grimpé les étages de cette maison étrangère, je me suis, d'un seul coup, sentie horriblement vieille et responsable.

Par bonheur, Mme Frid, chez qui Pap avait loué une chambre, était absente. Les gens se croient toujours obligés de lancer des regards de compassion sur les enfants de parents divorcés. Je ne sais jamais, dans ce cas, quelle mine prendre : avoir l'air malheureux ou, au contraire, sourire gaiement pour bien montrer que vous restez en dehors du coup ?

La chambre de Pap avait une drôle d'odeur. Sans quoi, elle paraissait confortable, avec des rideaux jaunes et un grand fauteuil. Bien située, en plein Stockholm, à cinq minutes de la grand-place.

À peine entrée, j'ai vu sa photo sur la commode. Je l'ai regardée. Oh ! Une seconde à peine ! Et après je n'ai plus tourné les yeux de ce côté.

Franchement, elle n'avait rien de sensationnel ! Aucune comparaison avec Mam ! Une petite figure étroite, mince comme un point d'interrogation. Laide. Un peu plus grande que Mam, semblait-il.

Nous avons mangé des coquelets au gril et bu des

jus de fruits. À tout prendre, cette visite chez Pap était assez excitante. Je me suis demandé si Jonas allait quelquefois déjeuner chez son père. En même temps, j'avais peur, une peur horrible de voir entrer tout à coup cette Siv, la femme de la photo. Dans ce cas, je refuserais de lui serrer la main. Sûrement. Il n'en serait pas question, même si elle me tendait la sienne.

— C'est pas mal, au fond, que vous ayez divorcé, a constaté Steffe. Ça nous fait deux maisons où aller.

Pap l'a embrassé et s'est mis à rire. Il paraissait content. J'aurais bien voulu, moi aussi, trouver quelque chose de gentil à lui dire. Mais quoi ?

Je me sentais seule et misérable. Pourtant, cette visite se passait bien et j'en étais contente.

Rentrée chez nous, enfin, j'ai longtemps joué avec Steffe, mais je pensais tout le temps à Jonas, et je me disais que ce serait affreux si, tout à coup, il me laissait tomber. Si jamais cela arrivait un jour... Oh ! Et puis zut ! Pourquoi ne peut-on jouir du présent, être simplement amoureuse, sans chercher des complications ?

8

Jonas chez moi

Les vacances finies, tout a repris comme avant. Cessi, noire comme une taupe, n'arrêtait pas de parler de ses merveilleuses vacances. Un vrai moulin à paroles. Sur les miennes, je n'avais rien à dire, elles n'en valaient pas la peine. Mais j'arborais mon pantalon noir flambant neuf, sur lequel Cessi jetait des regards envieux. J'ai retrouvé Jonas à la sortie, il m'attendait dans la rue, et j'étais heureuse, heureuse ! Nous sommes restés à nous regarder, tandis que les autres riaient et bavardaient autour de nous. J'ai passé ma langue sur mes lèvres qui étaient sèches ; il me semblait que jamais nous n'avions été séparés.

Quand je l'ai raconté à Mam, elle m'a répondu :

— Il en est toujours ainsi entre des amis qui

s'aiment et s'entendent bien. Ils peuvent être séparés longtemps, plusieurs mois et, quand ils se revoient, ils se retrouvent comme s'ils s'étaient quittés la veille.

— Douze mille, tu te rends compte ! Douze mille par an ! a dit Jonas un soir, sur le chemin du retour.

— Douze mille quoi ? ai-je demandé, comme nous attendions nos têtes-de-nègre, devant le kiosque.

— Douze mille divorces par an, rien qu'en Suède, a-t-il expliqué, la bouche pleine. Ou plutôt vingt-quatre mille, puisqu'il faut compter chaque fois deux personnes. Et la plupart des couples ont des enfants. Par conséquent, il existe chaque année un nombre considérable d'enfants victimes du divorce.

— Douze mille personnes dont l'une quitte l'autre, ai-je murmuré.

Nous avons longuement discuté le sujet. Jonas tirait ces renseignements d'un article de journal qui disait en outre que ces chiffres allaient croissant chaque année.

Se promener avec celui qu'on aime, tout en léchant une tête-de-nègre, épiloguer sur le divorce et ses conséquences pour apprendre soudain que des milliers d'autres partagent votre sort, c'est une expérience assez extraordinaire.

Moi qui, au début, m'imaginais être la seule au monde à vivre pareille catastrophe ! Puis Jonas était venu, et nous avions été deux au moins à vivre dans des foyers désunis. Et crac ! Voilà que nous étions des milliers. Drôle d'impression !

— Quand je serai grand, je ne me marierai pas, je ne le pense pas, a conclu Jonas.

Je me suis sentie toute triste.

— Moi non plus, ai-je riposté, sans réfléchir.

— Parce que, si on s'aime, on peut toujours vivre ensemble, a poursuivi Jonas.

Rassérénée, j'ai approuvé d'un signe de tête. Nous avions fini de grignoter nos têtes-de-nègre et, tout en marchant la main dans la main, je me représentais notre futur logis : un studio, pas plus, avec une minuscule kitchenette. Un vrai nid d'amoureux !

Et, tout à coup, c'est arrivé.

Jonas, brusquement, s'est arrêté à la devanture d'un café-débit de tabac. Comme nous étions là, plantés devant la vitrine, j'ai vu, sous son nez, deux images en couleur représentant des femmes nues. Pas de ces brochures moches que personne ne regarde, mais des pages de magazines bien édités, avec de belles photos. L'une des filles nues était assise dans un fauteuil à bascule, l'air rêveur. Très jolie.

J'ai senti le regard de Jonas se poser sur moi. J'en ai eu la chair de poule et j'ai voulu retirer ma main de la sienne. Naturellement, il l'a serrée plus fort et je n'ai pas pu me dégager. Je crois l'avoir détesté en cet instant. Et puis je me suis trouvée ridicule. Ce serait trop bête de prendre cet incident au sérieux. C'est plutôt naturel que les garçons aiment ce genre de photos. Les filles qui se dévêtent ainsi, uniquement pour s'afficher, ce sont elles qui me dégoûtent.

Nous avons souvent discuté de la question avec Cessi, et l'idée que des femmes s'exhibent ainsi pour de l'argent nous révolte. Seul le souvenir de nos conversations à ce sujet m'a permis de rester auprès de Jonas devant cette vitrine.

— Vas-y ! Entre et offre-toi ta vamp, ai-je dit. Tu en auras pour ton argent. Trois couronnes, c'est donné.

Muet, la bouche ouverte, il avait l'air d'un petit garçon pris en faute.

— L'acheter ? Allons donc ! Je n'y songe même pas, s'est-il défendu maladroitement.

— Pourquoi pas ? Elle est ravissante, voyons.

Et j'ai à nouveau tenté de retirer ma main.

Sur quoi, presque brutalement, il m'a entraînée en me serrant très fort le poignet. Nous étions troublés tous les deux. Je maudissais les gens, les autobus, les trottoirs encombrés. Ne pouvait-on jamais être seuls, en ce monde ?

Soudain, Jonas m'a poussée derrière un kiosque à bonbons. Il m'a prise dans ses bras et m'a couverte de baisers. À demi étouffée, j'ai pris peur et me suis débattue, mais en même temps j'étais heureuse, une sorte de chaleur montait en moi. Il a déboutonné mon corsage et m'a serrée contre lui. Je sentais trembler mes jambes.

Jamais un garçon ne m'avait ainsi embrassée. J'avais chaud et froid en même temps. Émue, troublée et heureuse, si heureuse !

Autour de nous, les gens circulaient, nous jetaient un coup d'œil au passage ; nous avons repris notre chemin. J'ai voulu parler, mais j'avais la voix tout enrouée. Nous avons ri et j'ai senti les doigts de Jonas frémir dans ma main.

Ce même soir, il est venu à la maison. Mam était au théâtre, Steffe dansait et faisait le singe autour de nous, malgré la demi-couronne et les illustrés que je lui avais offerts pour qu'il se tienne tranquille.

C'était formidable de voir Jonas chez moi, dans ma chambre. Assise sur la tablette de la fenêtre, je l'ai regardé aller et venir, prendre mes affaires, les examiner. Et soudain, j'ai tout vu avec ses yeux, l'étagère à livres, les photos d'idoles au mur, mon dessus-de-lit tout chiffonné, mon bureau en désordre, le serre-tête qui traînait sur ma commode, sa photo à lui et mon vieux nounours, son ruban rouge autour du cou.

Pendant ce temps, Steffe faisait l'imbécile. La cuisine sentait encore le hareng frit du déjeuner, les lampes étaient mauvaises, trop faibles. Dans le couloir, c'était encore pire : pour un rien, Jonas aurait buté sur mes souliers. Quant à la chambre de Mam, où flottait son parfum, un paquet de linge attendait sur une chaise, ses pantoufles et des journaux jonchaient le tapis, son ouvrage au tricot était jeté sur le lit. Comme toujours, elle s'était allongée un instant avant de partir pour le théâtre et le creux de sa tête restait imprimé sur l'oreiller. La salle de séjour était à peu près présentable, mais je ne m'y sentais pas à l'aise : elle me paraissait trop vaste, ce qui n'était certes pas le cas.

Steffe trottait sur mes talons, comme un roquet. Si vraiment il faut subir des frères ou des sœurs, que ne restent-ils à l'état de poupons : un an tout au plus, afin de pouvoir en toute tranquillité les ranger dans un coin. Je l'ai souvent déclaré à Mam et à Steffe.

Jonas a lancé une couronne à Steffe pour qu'il aille s'installer devant la télé et nous laisse en repos. Nous sommes revenus dans ma chambre et j'ai fermé la porte.

Être aimée et embrassée dans sa propre chambre, je ne connais rien de meilleur. Divin ! La pièce entière semble transformée, jamais plus elle ne redeviendra la chambre habituelle, celle de tous les jours. Car il suffit d'y entrer et de fermer les yeux pour se souvenir.

Nous n'avons pas été longtemps tranquilles : au bout de quelques secondes, Steffe est venu me crier à travers la porte que Pap avait appelé et qu'il m'attendait au bout du fil. Zut !

Jonas m'a lâchée. J'étais toute drôle. Pourtant, nous avions à peine échangé un baiser. Eh oui ! Et c'est suffisant pour que l'on oublie tout : convenances, raison, notion du temps, jusqu'à la parole elle-même.

À peine ai-je marmonné : « Allô », que Pap m'a bombardée de questions :

— Mam sait-elle que tu reçois un garçon le soir ?...

Steffe, évidemment, avait cafardé.

— ... Quel est son nom ? Connais-tu sa famille ? Il s'en va de bonne heure, j'espère ? Pourquoi Steffe n'est-il pas encore couché ? Mam connaît-elle ce garçon ?

Un tas de questions, toutes plus idiotes les unes que les autres. Comment répondre ? Je ne le pouvais pas avec Jonas derrière moi et Steffe qui ricanait à travers la porte entrebâillée. Après m'être péniblement dégagée de cet entretien avec Pap, j'ai expédié Steffe au lit *manu militari.*

Enfin nous étions seuls, Jonas et moi. Assis sur mon lit, nous nous sommes embrassés à n'en plus finir. Je n'étais pas trop rassurée, mais j'aimais ça. Je lui ai permis d'ouvrir un bouton de ma chemisette. Un seul, pas plus ; et j'ai repoussé ses mains. Il s'est mis à rire, et ce rire m'a fait courir de petits frissons de plaisir dans le dos.

Au fond, il vaudrait mieux, je crois, se choisir un garçon un peu plus jeune que soi. Ça supprimerait l'inquiétude. « Avec un grand, il risque de se passer des choses que l'on regrette après », prétend Cessi.

J'étais à la fois si heureuse et si troublée que je me suis mise à pleurer. Les baisers de Jonas ont séché mes larmes et il m'a demandé la raison de cette tristesse.

— J'ai peur, ai-je murmuré.

— Moi aussi, a-t-il riposté en me serrant contre lui.

Le réveil s'est mis à sonner. Je l'avais remonté afin de ne pas oublier l'heure où Mam rentrerait. Nous

nous sommes redressés, car nous étions allongés sur mon lit. J'ai tapé l'oreiller, tiré et lissé le dessus-de-lit, ouvert la fenêtre. Je riais et je bavardais, mais j'avais les jambes comme des spaghetti.

Sur le palier, nous nous sommes encore enlacés et embrassés je ne sais combien de fois. Je ne voulais pas qu'il parte, mais je ne tenais pas non plus à le voir s'attarder. Je n'avais pas tellement envie que Mam rentre, et pourtant j'aurais aimé lui présenter Jonas.

Nous en étions là, quand des voix et des rires ont retenti dans la cage d'escalier. Des pas et encore des rires ; puis la voix de Mam. Trop tard ! Nous avons échangé un regard, Jonas et moi. Très calme, il a haussé les épaules et souri. À ce moment, j'ai encore davantage réalisé à quel point il était plus vieux que moi. Si je m'étais trouvée à sa place, devant sa porte, en face de sa mère, je ne sais pas ce qui serait arrivé. Je serais morte de peur ou je me serais évanouie.

Vivement, je suis allée devant la glace me recoiffer. Mon visage n'était pas le même ; j'ai passé la main dans mes cheveux, ce n'étaient pas vraiment mes cheveux. J'ai essayé de respirer longuement, profondément, pour me calmer, et je n'ai pu que haleter, comme après une course.

Et puis ils sont tous arrivés en face de nous, devant la porte ouverte.

Sortir des bras d'un garçon, attendrie, émue, toute chaude de ses baisers, et se trouver devant une bande d'adultes bruyants et gais, c'est terrible ! Traumatisant ! Si seulement Jonas avait pu disparaître d'un seul coup, devenir invisible. Je craignais par-dessus tout les railleries, les plaisanteries que sa présence n'allait pas manquer de soulever.

— Oh ! Ce sont les enfants ! s'est écriée Mam, comme si elle connaissait Jonas depuis des années.

Mam est ainsi : ce qui paraît trouble et compliqué s'éclaire dès ses premiers mots, et devient extraordinairement simple et naturel.

Mam ramenait avec elle Frasse, Gösta et Anita.

Frasse reste toujours le même : grand, drôle et gai. Bavard en plus, sauf dans ses périodes de dépression. Il rapetisse alors et paraît las.

Gösta est plus jeune, maigre et silencieux. Il s'est incliné cérémonieusement devant moi :

— Tu deviens de plus en plus grande : une vraie demoiselle.

Chaque fois que je le vois, il répète cette même phrase. Je devrais être une vraie géante ! En tout cas, il ne me parle jamais de classe, de notes, ni de ce que je compte devenir plus tard. J'apprécie !

Anita vit avec Gösta depuis quelques mois. À mon avis, ça ne durera pas, ils sont trop différents. Mam prétend que c'est plutôt un avantage, à condition que les caractères se complètent au lieu de s'opposer. Anita jacasse comme une pie borgne, elle veut toujours avoir raison et plaire à tout le monde. Si personne ne l'écoute, elle tape du poing sur la table et parvient toujours à reprendre la parole. Pas sottes, ses remarques tombent souvent juste et sont parfois piquantes ou drôles. Elle a de beaux cheveux noirs, très longs. Je les lui envie.

Exclamations, cris, gloussements, rien n'a manqué quand ils ont aperçu Jonas. Anita, prenant du recul, l'a détaillé comme un objet de vitrine. Gösta, après s'être incliné, a murmuré :

— Pas mal ! Gentil, très gentil !

Frasse s'est contenté de lui administrer dans le dos une tape à assommer un bœuf. Jonas a manqué choir.

Ils sentaient tous le théâtre et je ne connais rien de plus agréable le soir, quand il fait nuit et que, lasse, je me sens un peu vague. Toute petite déjà, j'aimais les amis de Mam. Assise sur les genoux de l'un d'eux, j'écoutais leurs voix dans un demi-sommeil. Ce sont des impressions qui vous restent, des souvenirs parmi les meilleurs.

— Commençons par manger un morceau, je meurs littéralement de faim ! s'est écriée Mam.

Elle a fermé doucement la porte de la chambre où dormait Steffe. Et j'ai vu Jonas, dans notre cuisine, ouvrir des boîtes de sardines, décapsuler des bouteilles de bière, absolument comme s'il était chez lui. Anita a coupé le pain et Mam a mis le restant des croquettes à réchauffer. Frasse, quant à lui, a extrait, je ne sais d'où, des serviettes de papier bleu et les a transformées en avions ou en fusées qu'il a lancés à travers la pièce.

— Silence dans la classe ! a crié Mam au milieu des rires.

Comme toujours, les amis de Mam étaient gais, bruyants, bavards. Serrés à trois sur le petit banc de la cuisine, nous avons ri et discuté la bouche pleine, à la lueur vacillante des bougies. Frasse et Gösta ont « tombé la veste » pour se mettre à l'aise, et Mam, nu-pieds, nous a servis.

Rien n'existait plus à mes yeux en dehors de cette cuisine. Elle renfermait le monde dont nous étions les seuls habitants. Jonas était assis près de moi, si proche que je sentais sa jambe et son bras contre moi. Il m'appartenait entièrement. C'était merveilleux ! Frasse, assis en face de moi, avait un bras passé sur le dossier de la chaise de Mam. Elle m'a regardée avec un petit clin d'œil qui voulait dire : « Ça marche, hein ? »

À la gauche de Jonas se trouvait Anita. Tous deux avaient entamé une grande conversation et ça ne me plaisait guère. Je me sentais de trop, jusqu'au moment où, excédée, j'ai poussé Jonas du coude. Il s'est aussitôt retourné et je me suis sentie mieux..., jusqu'au moment où il a recommencé.

— Journaliste ! l'ai-je entendu dire.

Le tirant par le bras, je me suis informée :

— Journaliste ? Comment ?

— Oui, je voudrais devenir journaliste, m'a-t-il lancé par-dessus son épaule.

À nouveau je n'ai plus vu que son dos, tandis qu'Anita lui susurrait je ne sais quoi à propos de « très bonnes relations » avec des directeurs de grands journaux.

Journaliste ? Jamais il ne m'en avait touché un mot à moi ! Mais il l'avait dit à cette Anita qu'il connaissait depuis une demi-heure à peine et qui avait au moins vingt ans de plus que lui ! Les garçons sont impossibles ! Trop bêtes !

Seule et délaissée, j'ai remâché ma jalousie, cherchant à me persuader que ça m'était bien égal, que je me fichais pas mal de leurs histoires. Je me suis rabattue sur Gösta, mais en dépit de tous mes efforts, je tendais l'oreille du côté de Jonas et d'Anita.

Tout à coup, j'ai pensé à cette punaise du magazine, dans la vitrine : les journalistes passent leur temps avec ce genre de filles. J'en aurais pleuré ! Je me suis levée pour m'en aller, quand Mam m'a arrêtée :

— Oh ! Minette, puisque tu es debout, veux-tu mettre de l'eau à chauffer pour le café ?

Jonas est venu m'aider, mais j'étais décidée à le prendre de haut avec lui. Je suis allée me donner un coup de peigne devant la glace. Je savais qu'il me suivrait. Il m'a prise dans ses bras et j'ai posé ma tête sur son épaule. Je n'en pouvais plus. Il m'a chatouillé la nuque, caressée, et je serais volontiers restée toute la nuit ainsi. Les autres causaient et riaient à la cuisine, et nous deux, seuls dans le couloir, ne formions qu'un, lui et moi.

Se sentir comblée, dans une ambiance amicale et

joyeuse, c'est fantastique ! Pourquoi n'en est-il pas toujours ainsi, toute la vie ?

Comme ils prenaient tous congé, Mam a donné une petite tape sur la joue de Jonas :

— Maintenant que tu connais le chemin, viens aussi souvent que tu le voudras.

Du balcon, nous avons assisté au départ et vu nos visiteurs monter dans l'auto de Frasse. Il avait promis de déposer Jonas chez lui avant de rentrer, et j'ai très bien vu Anita l'accrocher au passage dans la rue.

Il s'est tout de même retourné pour m'envoyer un baiser. Bien fait pour elle, ce vieux tableau !

C'est ridicule de ma part d'être jalouse, je le sais ; elle a des tas d'années de plus que Jonas. Mais c'était précisément ce qui m'agaçait le plus. Ces vieilles qui s'imaginent avoir plus de succès que nous, qui nous traitent en gamines. Incroyable !

— Gentil ce garçon, a remarqué Mam.

Nous avons suivi l'auto des yeux, jusqu'au moment où elle a tourné le coin de la rue et où je n'ai plus vu la main qu'agitait Jonas.

— Pourrais-tu un jour aimer Frasse ? ai-je demandé, me souvenant du bras posé sur la chaise.

La réponse de Mam s'est fait attendre.

— Je ne sais pas, a-t-elle enfin déclaré d'un ton incertain. Il me l'a déjà demandé, mais cela me fait peur. Nous nous connaissons depuis si longtemps. Je le considère plutôt comme un frère. J'aime sa présence, c'est sûr. Mais... non, je préfère rester libre.

Libre ! Cela sonnait bien, comme une bouffée d'air frais, cela me donnait l'impression de courir sur le sable, le visage balayé par le vent.

Mam s'est mise à ranger ; j'aurais dû l'aider. Mais je me suis tout à coup sentie si lasse, vidée, bonne à rien, capable tout juste de gagner mon lit.

— Eh merci, Minouchette, de m'avoir présenté ton ami, a-t-elle ajouté, avec une petite tape amicale sur la joue.

J'étais si fatiguée qu'à peine dans ma chambre, je me suis mise à pleurer. Ce n'est pas de ma faute, je suis comme ça. Quand je n'en peux plus, je vois tout en noir. Et si Jonas en avait un jour assez de moi ? Si, par malheur, il rencontrait une Siv !

C'est plus facile pour les grandes personnes, je crois. Mam, dans la pièce à côté, rangeait en fredonnant. Les adultes ont l'air de prendre la vie comme une sorte de jeu. Pour nous, les jeunes, tout paraît grave, terriblement important.

Au fond, ce ne sont pas les enfants qui jouent, mais les parents, qui ont l'air de ne rien prendre vraiment au sérieux.

Moi, par exemple, je suis là à me ronger à la seule pensée qu'un jour, peut-être, Jonas en aurait assez de moi. Et Mam, que son mari avait abandonnée pour une autre, riait et chantait dans la pièce voisine. Comment savoir ce qui, aux yeux des grandes personnes, est sérieux ou ne l'est pas ? Impossible !

9

Le temps des vacances

— Cet été, disait Mam, j'aimerais partir en tournée. Je gagnerais pas mal d'argent et, pendant ce temps, vous pourriez, Steffe et toi, rester chez Mamie. Malheureusement, tous dans la troupe ont le même désir que moi. Alors je n'ai guère de chance d'être engagée.

— Cet été, annonçait Jonas sur le chemin de l'école, je voudrais bien trouver un petit boulot dans un journal. Mal payé, je le sais, mais ce serait drôle. Et puis, je verrais un peu comment ça se présente.

— Cet été, avait dit Pap un jour que j'étais allée le voir dans son meublé, cet été j'ai loué une petite villa à Dalarna. J'espère que tu viendras, avec Steffe, passer une semaine ou deux avec nous.

— Cet été, ai-je dit à Mam, tous les autres partent

à l'étranger. Je pourrais aller en Angleterre, moi aussi. J'aimerais bien. Un mois, pas davantage, avec la classe.

— Tu es trop jeune encore, mon trésor, a répondu Mam. Pas avant tes quinze ans. Mais si l'histoire de ma tournée se précise, tu pourrais m'accompagner. Ce serait amusant : tu verrais du pays, des gens intéressants. Ensuite, tu irais finir les vacances à la campagne, chez Mamie, à Marstrand. Avec une quinzaine de jours chez Pap, peut-être.

— Cessi va en Angleterre, elle.

— Je te trouve trop jeune pour partir aussi loin, ma chérie...

Un jour, brusquement, en rentrant de classe, j'ai senti que le printemps était là. Il faisait bon, un air tiède et doux. Je me sentais lourde et gênée dans mon gros pantalon d'hiver. Jonas me racontait avec animation qu'il avait enfin trouvé un job à Luléa, dans un journal. Luléa ou les Nouvelles-Hébrides, pour moi c'était pareil.

À la maison, Mam téléphonait. Elle parlait bas, si bas que je n'entendais presque rien. Ces derniers temps, je l'avais remarqué, elle était tendue, nerveuse, paraissant attendre quelque chose qui ne venait pas. À croire que Steffe et moi ne l'intéressions plus.

Après avoir posé le combiné, elle m'a regardée d'un air absent.

— Chérie, mets les pommes de terre sur le feu, veux-tu ? a-t-elle murmuré.

Elle qui, d'habitude, me racontait tout !

— Elle en a un autre, c'est sûr ! a tranché Jonas d'un ton convaincu quand je lui ai raconté l'incident.

Je le désirais pour elle, bien sûr, et en même temps, je ne le voulais pas. Un autre, qui viendrait s'installer chez nous ? Vivre à la maison ? Non ! Plutôt mourir que d'accepter un nouveau père. Pas même Frasse. Cette seule pensée me donnait envie de hurler.

Et pourtant, je ne voulais pas que Mam continue à vivre seule. Bien sûr, cet hiver, elle avait affirmé qu'elle tenait à rester libre. Mais vivre sans être aimée de personne, ce n'est pas normal. En outre, quand on nage soi-même dans le bonheur, avoir auprès de soi quelqu'un de seul, d'isolé, vous donne mauvaise conscience.

Mam paraissait triste et déprimée. J'avais l'impression qu'elle se demandait où nous caser, Steffe et moi, pendant ces mois d'été, et je lui en voulais un peu de ne pas me laisser partir pour l'Angleterre.

Pap parlait aussi de l'été. Un dimanche, nous étions allés chez lui et nous bavardions à table, devant une grillade, presque comme autrefois, quand tout à coup la sonnette a retenti. Trois coups répétés, ce qui annonçait une visite pour Pap et non pour la propriétaire. Pourquoi ? Qui venait voir Pap à cette heure ?

Pap est allé ouvrir et Steffe, bêtement, a suggéré que c'était peut-être Mam.

Pap est revenu presque aussitôt.

— Ce n'est que Siv, a-t-il dit.

Et, derrière lui, nous avons vu Siv.

Celle à qui je m'étais juré de ne jamais tendre la main. Mais tout est allé si vite que, prise de court, je n'ai pas réagi.

— Je suis montée vous dire bonjour en passant, simplement, a-t-elle murmuré nerveusement.

Sa main était froide, glacée et, de mon côté, la bouche sèche, j'étais incapable de dire un mot.

Nous nous sommes regardés en silence. Un silence terrible. Pap, finalement, s'est raclé la gorge et a demandé à Siv si elle voulait bien s'asseoir et prendre le dessert avec nous (une glace à la fraise).

— Non, merci, a-t-elle répondu précipitamment en cachant ses mains derrière son dos.

Si ce n'avait pas été précisément cette Siv, je l'aurais plainte. Car elle n'avait vraiment rien de sensationnel, ni de supérieur. Pâle, maigre et visiblement si mal à l'aise ! Ses cheveux étaient du même brun terne que les miens, et plats en outre.

Quand Pap s'est mis à parler de la petite maison qu'ils avaient louée pour l'été, son visage s'est un peu éclairé ; elle a eu un gentil sourire. Mais, la plupart du temps, j'ai gardé les yeux baissés, fixant obstinément l'os de côtelette qui restait dans mon assiette.

Il s'agissait d'un petit chalet, près de la mer, avec deux chambres à coucher. Je comprenais parfaitement ce que cela signifiait et, tout à coup, Pap a lancé :

— Ce serait gentil si vous veniez tous les deux passer une quinzaine avec nous. Qu'en dites-vous ?

Ses regards allaient de Steffe à moi.

— Épatant ! Génial ! s'est écrié Steffe.

Le petit imbécile ! J'ai haussé les épaules.

— Peuh ! Je ne sais pas, ai-je marmonné entre mes dents.

Cette Siv, heureusement, a jugé que cela suffisait.

— Eh bien ! Au revoir, a-t-elle dit avec un sourire.

Sa main, cette fois, était plus chaude. Mais quelle différence avec Mam ! Aucune comparaison.

Le soir, à la maison, Mam n'était rien moins que gaie. Le théâtre fermait ses portes durant l'été. Elle se trouvait sans travail, libre de ses soirées. Perspective agréable, si seulement elle avait eu l'air un peu plus contente. Mais, assise devant la télé, elle ne disait rien.

Je me suis installée à côté d'elle et nous avons regardé le film : un policier, dont j'avais raté le commencement. Alors, je n'y comprenais rien et je ne voulais pas demander d'explications. Steffe chantonnait et trafiquait dans sa chambre. À la fin, Mam s'est levée avec un soupir.

— Tout s'est bien passé ? Vous êtes contents ? s'est-elle informée d'un ton vague, sans manifester le moindre intérêt réel.

— Oui... pas mal. Nous avons mangé une grillade, et puis une glace... et cette Siv est montée nous voir.

— Ah ! Comment est-elle ?

— Oh ! Très banale, insignifiante, ai-je répondu, cherchant péniblement les mots les moins dangereux.

Sans succès d'ailleurs, parce que Mam a paru mécontente, irritée même. Elle allait et venait, déplaçant les objets, prenant un journal sur la table pour le poser sur l'étagère et ainsi de suite. Comme font les gens nerveux, agités, qui ne tiennent pas en place.

— Écoute, tu n'as pas besoin de me répondre, et d'ailleurs, ça ne m'intéresse pas, a-t-elle dit entre ses dents. L'essentiel est que vous soyez contents. Moi, je n'ai pas pu avaler une bouchée, seule devant mon assiette. Tu te rends compte !

J'ai prudemment gardé le silence. Car discuter avec une grande personne en colère ne sert à rien, si ce n'est à envenimer les choses. J'ai commencé à me ronger les ongles et Mam m'est tombée dessus, disant que c'était une habitude affreuse, infantile. Alors, je suis tranquillement rentrée dans ma chambre pour me déshabiller et me coucher sans bruit, comme une souris. Je me trouvais très à plaindre. Mam était horrible, injuste. Le monde entier me paraissait ligué contre moi.

Allongée dans mon lit, je lisais, ou plutôt je faisais semblant de lire, quand Mam est entrée et s'est assise sur une chaise, sans même prendre la peine d'enlever ce qui était dessus. Pan ! En plein sur mes affaires !

— Ouf ! Je te demande pardon de m'être montrée aussi désagréable, a-t-elle dit avec un énorme soupir.

J'ai répondu par un simple hochement de tête. J'en

avais trop gros sur le cœur. L'injustice ne se digère pas aussi facilement.

— J'ai été très déçue ces jours-ci d'apprendre que je n'aurais pas de travail au théâtre cet été, a poursuivi Mam. J'aurais tant aimé partir en tournée, voir du nouveau, des villes que je ne connais pas et vous garder auprès de moi, Steffe et toi. Mais ça n'a pas marché, et à l'idée de cet été gâché, je me suis sentie si découragée que je ne supporte plus la moindre contrariété. C'est mal et je ne veux pas que cela retombe sur vous.

Dans la vie, tout semble parfois se démolir en quelques minutes. Rien ne va plus et personne n'y peut rien. Nous étions là, avec un été pas même commencé et déjà perdu. Partout les gens iraient s'amuser, profiter d'un bel été joyeux. Le nôtre serait triste, sombre et morne.

Mam avait son visage des mauvais jours. J'aurais voulu la remonter, amener un sourire sur ses lèvres, mais je ne trouvais rien à dire. Pas un mot ; j'étais là, malheureuse et figée.

Et nous sommes restées ainsi plusieurs jours, sans parler, ni réagir. Mam faisait une cuisine infecte, les repas se traînaient. Seul, Steffe ouvrait la bouche pour raconter n'importe quoi.

Cessi, naturellement, était aux anges avec son voyage en Angleterre. Elle ne parlait de rien d'autre. Jonas essayait bien de me remonter le moral en affirmant qu'un été en ville, ce pouvait être très amusant, mais ses discours manquaient de conviction. Les gens heureux ne comprennent rien aux chagrins des autres ; ils ont les yeux et les oreilles bouchés. Rien qu'à les entendre, on se sent au fin fond du trou.

Enfin, un matin, une semaine environ avant les vacances, Mam est entrée dans ma chambre alors que j'étais à peine réveillée. Elle s'est laissée tomber sur le bout de mon lit. Plouf !

— Je sais maintenant où nous passerons l'été, a-t-elle annoncé, lissant d'une caresse mes cheveux en désordre : chez Mamie, à Marstrand. Je trouverai du travail dans le magasin d'art et de curiosités, et toi, si tu veux gagner un peu d'argent, tu n'auras qu'à te présenter au grand self-service du port. Ils manquent de monde en été. Que dis-tu de ces projets, moineau chéri ?

Mam est formidable. Elle peut se morfondre un jour, disparaître au fond du puits, et le lendemain émerger vive et gaie, comme si de rien n'était. « J'en suis sortie, dit-elle alors, se passant la main sur le front. Parce que j'ai une cervelle d'oiseau, probablement. »

Il en a été de même ce matin. Plus question de regrets, de déception. « Ça ne rime à rien », a-t-elle déclaré. Et de parler de nos futurs emplois à Marstrand, comme si rien au monde n'était plus amusant, séduisant.

— Nous aurons toutes les deux trois heures de

repos au moment du déjeuner : largement le temps de se baigner et de se rôtir au soleil.

Et surtout, a-t-elle poursuivi, il ne fallait pas que j'aille m'imaginer que la pensée de Pap et de Siv la troublait. Pas le moins du monde. Elle était convaincue que Siv était exactement la femme qu'il fallait à Pap.

— Par moments, on se sent déprimé et tout vous porte sur les nerfs, a-t-elle soupiré. Faire supporter aux autres le poids de sa mauvaise humeur est très vilain. Je m'en veux beaucoup. Mais comment s'en empêcher quand on a le cœur trop lourd ?

Au début, la perspective de Marstrand me laissait assez froide. Et puis, peu à peu, à force d'en parler, cela devenait de plus en plus attirant. Cessi m'enviait beaucoup d'aller ainsi passer l'été dans une station balnéaire chic, avec des régates, des cinémas, des discothèques et où je pourrais me baigner, bronzer, tout en gagnant un peu d'argent.

— Nous nous écrirons, m'affirmait Jonas, paraissant pour la première fois légèrement inquiet à la pensée d'être séparé de moi durant tout l'été.

Agréable de se sentir regrettée par celui que l'on aime.

Quatre jours après son départ, j'ai reçu un mot de Jonas. Une carte postale représentant la vue d'une grande bâtisse, avec ces mots :

Salut et amitiés du Grand Hôtel de Luléa.

Les garçons sont extraordinaires ! Comme si le Grand Hôtel de Luléa m'intéressait le moins du monde. Bien sûr, je savais maintenant comment se présentait cet hôtel ; mais embrasser cette photo avant de m'endormir, non ! Vraiment ça ne me disait rien !

10

L'été à Marstrand

Mamie vit à Göteborg toute l'année, mais elle possède à Marstrand une toute petite maison blanche où elle passe l'été. Généralement, elle loue les deux chambrettes et la cuisine du premier à des étrangers et garde pour elle le rez-de-chaussée. Tout en haut, sous le toit, il y a une mansarde où nous couchons, Steffe et moi, quand nous sommes là en été.

Marstrand est une petite île, à une heure d'auto environ de Göteborg. Une digue la relie au continent, tel un mince ruban clair. La ville de Marstrand elle-même est toute petite, les voitures n'y circulent pas. Elle est dominée par une citadelle où nous aimions aller jouer quand nous étions petits. Maintenant, nous préférons la digue et le quai, c'est plus drôle, on y voit les arrivants et des bateaux de toutes sortes. Un peu plus loin, au bord de l'eau, il n'y a pas un chat ; on peut s'étendre et prendre son bain de soleil en face de la mer, sans être vu de personne.

Mamie était venue nous attendre, ravie de nous voir. Debout sur le quai, le visage congestionné par la chaleur, elle pleurait presque de joie. J'en étais gênée, mais Steffe et Mam riaient et bavardaient sans s'apercevoir de rien. Peut-être étais-je triste de me sentir loin de Cessi et de Jonas. Songer aux kilomètres qui nous séparaient me donnait du vague à l'âme.

Mam, par contre, était d'excellente humeur ; elle semblait avoir totalement oublié ses soucis et sa déception de ne pas partir en tournée. À vrai dire, je crois qu'elle avait décidé de ne plus y penser et de jouir de ses vacances. Elle prétend toujours qu'il suffit de vouloir pour obtenir un résultat... Un de ces dictons d'adultes, si vous voulez mon opinion !

Cette année, les locataires de Mamie étaient un certain M. Alm, sa femme et leur fils, Björn, un garçon de seize ans. M. Alm était pâle, maigre et sec comme un hareng saur ; j'avais peur de le voir se casser en deux. Sa femme, par contre, le visage criblé de taches de rousseur, était rondelette et gaie. Je l'ai surveillée tout l'été pour voir si elle arriverait à bronzer. En vain ! Un peu plus de taches de rousseur, c'était tout !

Bjôrn ressemblait à la fois à son père et à sa mère, ce qui pouvait faire frémir. Mais, avec ses longues jambes, ses bras qui n'en finissaient plus, ses cheveux blonds et ses taches de son, il n'était, au fond, pas mal du tout. On l'appelait Teddy, ce que je trouvais ridicule. Il ne m'a pour ainsi dire pas adressé la parole. À ses yeux, je passais probablement pour une gamine sans importance.

À peine arrivée, j'ai acheté une carte postale représentant le Grand Hôtel et je l'ai envoyée à Jonas : *Salut et amitiés de la part du Grand Hôtel de Marstrand.*

Pour lui rendre la monnaie de sa pièce.

Le premier jour, Mam est sortie se promener en ville. Comme toujours lorsqu'on revient sur les lieux de son enfance ! N'ayant rien de mieux à faire, je l'ai accompagnée.

— Comment, c'est toi ? Te voilà de retour chez nous, ma petite ! s'exclamaient les femmes sur notre passage.

Mam rencontrait partout d'anciennes connaissances.

— C'est vrai ce qu'on raconte ? Tu es divorcée ? a demandé une vieille femme.

— Oui, oui, a répondu Mam d'un ton paisible et même gai.

Puis nous sommes allées au self-service du quai, là où on demandait une aide. La femme qui nous a reçues m'a tout de suite acceptée, à condition, a-t-elle dit, que je sois active et rapide, car les clients étaient toujours pressés, désireux de reprendre la mer.

Elle m'a gratifiée d'une blouse blanche que je devais toujours porter dans le magasin et dans laquelle j'avais vraiment l'air d'un épouvantail à moineaux. Nous l'avons ramenée à la maison pour la raccourcir de vingt bons centimètres. Le lendemain matin, la dame a louché sur mes jambes, en marmonnant qu'elle n'aimait pas cette manière d'attirer la clientèle, mais des acheteurs sont entrés en masse et il n'a plus été question d'autre chose que de les servir. De pain et de légumes, surtout. Il fallait courir de l'un à l'autre et se faufiler, rouge et transpirante, parmi la foule. De fait, ils étaient tous horriblement pressés. À croire que la mer allait se retirer d'une minute à l'autre !

Elle était là, cependant, cette mer quand, vers midi, à l'heure de la pause, nous sommes allées nous y plonger. Steffe avait trouvé des copains et s'amusait dans le port, tandis que Mam et moi prenions le soleil dans une petite crique cachée, que nous avions repérée. Avec du lait et des sandwiches pour nous restaurer, nous sommes restées là trois bonnes heures.

Mam avait trouvé du travail dans un magasin d'art et de curiosités, près de l'église. Elle ne tarissait pas d'anecdotes sur les touristes divers qui achetaient des cadres, des vases, des bibelots de toute espèce, garnis de coquillages nacrés, des cendriers, des lampes peintes, portant tous ostensiblement le nom de Marstrand en lettres noires. Comment et où, s'exclamait Mam, les gens trouvaient-ils la place de loger ce ramassis d'horreurs !

Écrire à son Jonas, allongée sur une pierre plate chauffée par le soleil, est-il rien de plus divin ? De temps à autre, le remous provoqué par le passage d'un canot à moteur venait vous tremper les pieds. Ou encore un voilier s'approchait tout près et, à cinquante centimètres du bord, virait brusquement et repartait. À quelque distance, des gens se baignaient, nous entendions leurs cris et leurs rires, sans en voir notre repos troublé. Si seulement Jonas avait été là ! J'ai poussé quelques soupirs, mais Mam lisait, elle ne voyait ni n'entendait rien. Alors, pour me changer les idées, je suis allée me plonger dans l'eau fraîche de la mer.

Le travail, quand je l'ai repris, n'était pas le même. Les gens sentaient le soleil et la mer et non plus la sueur. Ils étaient moins pressés aussi, calmés et fatigués par une matinée de navigation.

Le magasin, en été, employait encore une fille en dehors de moi. Elle venait de Göteborg et me traitait comme si j'avais été une sauvage débarquant du fond de sa campagne pour goûter aux bienfaits de la civilisation. Avec le temps, elle a fini par comprendre, et nous sommes devenues très bonnes amies. Elle s'appelait Gunnel : une grosse fille, assez mollasse, ce qui n'était pas pour me déplaire, parce que, le soir, quand nous allions nous promener sur la digue, voir les bateaux et leurs propriétaires, je paraissais svelte et légère à côté d'elle. Bien sûr, rien de comparable avec Cessi. Personne ne peut la remplacer et je n'ai jamais passé une semaine sans lui écrire une longue lettre.

Un soir, nous arpentions ainsi le quai, Gunnel et

moi, quand nous avons croisé Björn, dit Teddy. Il flânait avec un camarade. Surtout, n'allez pas croire qu'ils ont fondu sur nous. Teddy a fait semblant de ne pas me voir.

Après les avoir dépassés, je me suis retournée. C'est instinctif, on ne peut pas s'en empêcher ! Et, comme de juste, Teddy en a fait autant. C'est idiot, mais ça trouble toujours un peu. Pas comme avec Jonas. Aucune comparaison.

De Jonas, je ne recevais que de toutes petites lettres, bêtes, insignifiantes : « Comment vas-tu ? Moi très bien. Ce matin, j'ai mangé des fraises. As-tu bien bronzé ? »

Je lui écrivais de longues épîtres, des pages et des pages que je déchirais ensuite, pour en recommencer d'autres, plus intelligentes. Écrire à Cessi était bien plus facile, car elle répondait tout aussi longuement, de vrais volumes. Une fois, en passant, je lui ai parlé de Teddy. Oh ! Rien de spécial, simplement qu'il y avait un garçon ici, du nom de Teddy. Mais elle a dû mal me comprendre, car aussitôt, elle m'a demandé si j'avais rompu avec Jonas..., si Teddy m'avait déjà embrassée et... que je devais tout, mais tout lui raconter : où je l'avais rencontré, quand, et le reste. De toute façon, je ne pouvais pas lui en dire davantage, nous avions à peine échangé un mot, de-ci, de-là, quand, par hasard, nous nous rencontrions dans la maison. Il passait à côté de moi, glissant comme une anguille, frrrt !

Partager une chambre avec Steffe était déjà pénible en soi. Il avait naturellement choisi le lit garni de rideaux. C'est amusant de s'enfermer comme dans une tente. J'étais furieuse, d'autant que l'autre lit était infect, le sommier grinçait et le matelas était plein de bosses.

— Voyons, chérie, a dit Mam, le lit de Steffe est trop court pour toi, tu le sais bien. De tout l'été tu ne pourrais pas t'allonger.

D'accord, il était trop petit, mais j'aimais ce lit tout de même. Et puis Steffe amenait tous ses copains dans sa chambre ; ces garnements se jetaient sur mon lit et sur mes affaires, avec leurs pieds sales. Je criais si fort qu'on devait m'entendre de Göteborg. « Voilà ce qui se passe quand on est trop gâtée et qu'on jouit d'une chambre particulière. » C'est Mam qui parle, pas moi !

Pap me manquait beaucoup : c'en était affreux ! J'avais comme un vide en moi. Cette famille, composée uniquement de Mamie, Mam et nous deux, n'avait aucun sens. En été, il y a des pères partout. Des pères ou des oncles, bruns, gais, entreprenants, qui s'occupent de leurs enfants.

— Ah oui ! Tu es divorcée, n'est-ce pas ? disaient de vieux amis, s'adressant à Mam. Il est remarié, ton époux ?

— Non, pas encore, répondait Mam.

Cela me faisait tellement mal que j'en aurais crié.

J'en arrivais à souhaiter qu'elle soit au moins aussi

triste que moi. Mais non. Elle allait et venait, souriante, d'excellente humeur. Bien sûr, il vaut mieux, après un divorce, que les parents ne gémissent pas, mais ils pourraient quand même faire sentir qu'ils se sont aimés autrefois. Mam, probablement, avait décidé d'adopter cette attitude calme et sereine. N'empêche que, si je l'avais vue essuyer une larme de temps à autre, je me serais sentie mieux. Au contraire, elle était gaie et pleine d'entrain.

Et, pour couronner le tout, Mamie la traitait en petite fille :

— Tu sors, ce soir ? Où vas-tu si tard ? Ah ! Tu es invitée à dîner ? Chez qui ? Tu ne vas pas y aller en pantalon, j'espère ! Et nu-pieds ! Surtout, ne rentre pas trop tard...

Mam levait les yeux au ciel derrière le dos de sa mère, et je me retenais pour ne pas pouffer. Le monde était vraiment sens dessus dessous. Un fait cependant demeurait certain : les mères restent des mères toute leur vie. Et souvent, cet été, je me suis sentie plus vieille que Mam.

Un jour, j'étais assise toute seule en face de la mer, en train d'écrire à Cessi. Soudain, j'ai entendu du bruit, une sorte de glissement et, levant les yeux, j'ai vu en face de moi un joli voilier presque immobile. À la barre, Teddy. Au premier coup d'œil, je ne l'ai pas reconnu à cause de ses lunettes de soleil et de son slip blanc. C'est drôle, mais les gens avec plein de taches de rousseur sur le visage n'en ont pas, ou presque pas sur le reste du corps. Teddy était tout entier d'un beau brun doré. Dans mon costume de bain jaune pâle, j'avais l'air d'un fromage blanc.

— Hep ! a-t-il crié, avec un geste amical de salut. As-tu, par hasard, aperçu un caniche blanc dans les parages ?

— Un caniche blanc ? Non.

Me redressant, j'ai regardé autour de moi. Pas la moindre trace du plus petit caniche blanc.

Abritant ses yeux de la main, Teddy a regardé au loin. Puis il a sifflé de manière spéciale, trois sons prolongés, un court. J'ai profité de l'occasion pour rajuster mon bikini. J'avais oublié mes lunettes de soleil à la maison, naturellement.

— C'est une petite chienne, elle s'appelle « Quérida »..., a expliqué Teddy.

— Elle porte un collier bleu, a-t-il ajouté, tandis que le vent gonflait sa voile. Si tu la vois, sois gentille et viens me le dire. Elle appartient à l'un de mes amis. À propos, quel est ton nom ?

— Madeleine, ai-je répondu, avec le sentiment de raconter une blague.

Car, pour tout le monde, je suis Madde. Brusquement, ce petit nom ne me plaisait plus, oh mais plus du tout !

Teddy a tourné la barre et le bateau est parti au vent, comme une flèche.

J'étais un peu déçue qu'il m'ait aussi rapidement plantée là. Et puis je plaignais la petite chienne qui avait perdu son maître. Regagnant la maison, j'ai regardé autour de moi tout le long du chemin, sifflé à trois reprises. « Quérida ! » ai-je appelé, scrutant du regard les rochers déserts. Je me suis même informée auprès de la caissière du self-service, chez Mamie aussi qui sait tout ce qui se passe à Marstrand. Elle a secoué la tête.

— Quérida, a remarqué Mam. Sais-tu ce que cela signifie ?

— Non, pas exactement.

— Chérie, ou Trésor, en espagnol, a expliqué Mam.

Et moi qui avais clamé ce mot à tous les échos. Si j'avais su !

Au milieu de tout cela, ma lettre à Cessi était restée en panne.

Le même soir, ou le lendemain, nous sommes allées, Gunnel et moi, à l'unique discothèque de l'île. Il y avait foule dans l'étroite ruelle où elle se trouvait et je me sentais plutôt mal à l'aise parce que je ne connaissais personne. Gunnel, au contraire, rencontrait des amis partout et nageait à travers la cohue comme un poisson dans l'eau. Rester seule, isolée dans une discothèque, cela manque de charme. Collée au bar, je buvais mon Coca-Cola, me demandant si je n'allais pas tout laisser en plan. Soudain, je me suis retournée et

ɔire que la perspective d'être seule
ɜ nous, l'amusait follement.
.ns un coin du compartiment, je pen-
ɩ notre dernière soirée. Nous étions
.èque danser et boire un Coca-Cola.
côte à côte, nous aspirions à la paille
ɔue contre la mienne. À ce moment-
rriblement de partir, et nous sommes
nie, sans rien dire.
ai tout à coup senti la main de Teddy
il cherchait à me prendre dans ses
brusque sursaut, un mouvement de
ıontée dans ma chambre en courant.
t à se rompre.
pas à Teddy. Certainement pas. Était-
ıas que je n'avais pas voulu me laisser
ı autre ? En proie à un vague regret,
ent entrouvert ma porte, mais il n'y
nne dans l'escalier. La maison était
euse.
i, dans le train, je pensais à Teddy et
ssayais de songer à Jonas, mais c'était
e de Teddy qui apparaissait devant
e n'en pouvais plus quand, enfin, tard
ıous avons débarqué à Tälberg.
ıdait et, à le voir debout sur le quai,
me suis sentie réconfortée. Il avait
et m'a serrée tendrement contre lui.
tabac. Bruni, hâlé, il paraissait plus

j'ai vu Teddy. J'étais contente. Presque aussi contente que si, tout à coup, Jonas s'était trouvé devant moi, brun et souriant, dans un pull immaculé.

— As-tu retrouvé Quérida ? ai-je demandé.

— Oui, bien sûr ! a-t-il répondu avec un très gentil sourire. Et toi, que fais-tu ? Es-tu seule, ici ?

J'ai simplement incliné la tête en guise de réponse.

— Pas de petit ami, alors ? s'est-il informé.

J'étais si troublée que je pouvais à peine parler.

— Si... mais..., ai-je murmuré.

Il a haussé les sourcils.

— Oui, ou non ? As-tu quelqu'un, ou trottes-tu toute seule ?

— Oui, mais pas ici, ai-je dit.

— Moi c'est pareil, a-t-il constaté. J'ai une amie, mais elle est partie pour la semaine, à Göteborg.

Certes, je n'étais pas amoureuse de lui. Ça, je le jure ! N'empêche que sa réponse m'a déçue. Évidemment, il vaut mieux être franc et dire les choses comme elles sont. Jonas serait-il aussi honnête envers les filles qu'il rencontrerait au cours de l'été ? Gênant, tout de même, d'apprendre que Teddy avait quelqu'un d'autre en tête. Il ne m'en plaisait que plus, d'ailleurs. Ainsi va la vie ! Vous désirez toujours ce qui ne vous appartient pas..., ce qui est en vitrine et que d'autres s'approprient. C'est stupide, vain et pas très joli, mais vous n'y pouvez rien.

Il faisait nuit et le vent soufflait sur la digue quand nous sommes rentrés à la maison, Teddy et moi. Je me sentais un peu perdue. Il ne m'a même pas pris la main et n'a pas une seule fois essayé de m'embrasser. Tous les garçons devraient être ainsi et ne pas aller de l'une à l'autre. Tout de même, il aurait pu me soutenir un peu, quand je marchais seule au bord de la digue.

Jonas, tout à coup, m'a fait l'effet d'un gamin. Il est gentil, bien sûr, mais pas mûr du tout, sans parler de ses lettres, si courtes et si vides. Alors que moi, je lui avais écrit et répété que je l'aimais. La description du vélomoteur qu'il s'était offert, voilà tout ce qu'il avait trouvé à me répondre.

Dans ma dernière lettre, je n'avais pas manqué de lui dire qu'il y avait ici un très, très gentil garçon qui s'appelait Björn (c'est mieux que Teddy). Sa réponse ? Il avait réussi à faire du soixante à l'heure sur son engin !

Ce à quoi j'ai riposté par retour qu'ici, personne n'avait de moto, quelques bicyclettes seulement, ce qui, soulignais-je, était extra et permettait de se promener comme on voulait sans être dérangé. Et, ai-je ajouté, l'histoire du caniche blanc n'avait été qu'un prétexte, une entrée en matière parce que Björn tenait absolument à faire ma connaissance.

Sur quoi, quinze jours ont passé sans le moindre signe de vie de Jonas. J'étais inquiète, naturellement, mais je n'avais pas tellement le temps d'y penser. Mon été qui s'annonçait si morne devenait de plus en plus animé. Et les journées passaient vite !

jeune que l'ancien Pap d'hiver. Steffe gambadait autour de nous et, curieusement, je me sentais revenue au temps où j'étais une petite fille quand, Pap nous tenant par la main, nous sommes sortis de la gare pour gagner le parking.

Cette Siv nous y attendait.

Il a bien fallu lui tendre la main, dire bonjour et sourire. En jupe bleue et blouse blanche, elle était terriblement correcte. Exactement ce qui plaît à Pap. Par bonheur, il faisait presque sombre, et il n'a pas très bien vu mon blue-jean délavé, sans parler de mes sandales.

Steffe bondissait, riait et bavardait, heureux comme un roi. Ce petit nigaud ne pense à rien ; il ne voit pas plus loin que le bout de son nez. Je l'aurais battu, si je n'avais été aussi contente de retrouver Pap.

Pap, dans sa jeunesse, passait ses vacances à Tälberg. Quand il a épousé Mam, ils sont allés à Marstrand. Pap aimait bien Marstrand, mais il était revenu dans son Tälberg. C'était peut-être à cause de cela qu'il paraissait si gai et rajeuni. Ou bien était-il réellement heureux de nous voir, Steffe et moi ?

Nous avons traversé une grande forêt, sur le flanc de la montagne. Il faisait sombre et je n'ai pour ainsi dire rien vu. Après un grand tournant, Pap a dit :

— Nous sommes ici dans un endroit magnifique, je vous y conduirai ; on peut s'y baigner, vous verrez, c'est superbe !

Le pire, quand on débarque ainsi dans l'inconnu,

c'est de ne pas savoir où l'on couchera. Dans le train, j'ai eu tout à coup une peur panique à la pensée d'être éventuellement obligée de partager la chambre de cette Siv. Plutôt dormir par terre, dans la forêt !

« Si elle n'était pas là, pensais-je, Pap serait tout à fait le bon vieux Papa de toujours. »

Eh bien, non ! Nous étions très bien, et très drôlement installés !

Le petit chalet qu'ils avaient loué se composait surtout d'une salle de séjour où prendre ses repas et se tenir le soir, avec quelques bons fauteuils et une grande vieille cheminée très sympathique. Outre cette pièce, une toute petite cuisine et trois minuscules chambres à coucher complétaient l'installation.

Dans la première chambre, deux lits superposés étaient destinés à Pap et à Steffe. Je commençais à me sentir vraiment angoissée.

— Bravo ! a crié Steffe. Je prends celui d'en haut.

Dans la deuxième chambre, j'ai vu également deux lits et j'ai frémi.

— Ça t'ennuie de dormir seule dans une pièce ? a demandé Pap, tandis que, muette, Siv attendait.

— Moi ? Seule ? Oh ! J'adore ça. C'est formidable ! ai-je bafouillé, soulagée au point de ne plus savoir où j'en étais.

Le plafond de cette chambrette était très bas, des rideaux jaune clair encadraient la fenêtre, il y avait un fauteuil de rotin, garni d'un coussin jaune. Sur la table, un bouquet de fleurs des champs et quelques livres.

Le dessus-de-lit était jaune, comme les rideaux, et une carpette de couleur sur le plancher donnait une note vive à l'ensemble.

Oh ! J'étais tellement contente que j'ai presque souri à cette Siv. Elle ne s'en est peut-être pas aperçue, mais je me sentais allégée d'un gros poids.

La troisième chambrette était la sienne, avec des rideaux et un dessus-de-lit bleus et un bouquet assorti. Elle avait donc cueilli des fleurs à mon intention aussi, c'était évident. Mais je ne suis pas arrivée à lui dire merci !

Le lendemain matin, quand j'ai tiré les rideaux, je me suis trouvée devant une vue merveilleuse. À en pleurer d'admiration ! De ma fenêtre, le paysage s'étendait au loin, et la ligne bleue des montagnes se profilait sur le ciel. Partout des vallées ombreuses et, juste en face du chalet, un adorable petit bois de bouleaux.

Le Pap d'été était bien plus gai que celui d'autrefois. Il sifflotait et fredonnait tout en fourrageant dans le petit semblant de cuisine. Mais Siv le laissait tranquille, elle ne l'asticotait pas, comme Mam, avec des remarques, des sous-entendus, des petits rires moqueurs. Heureusement, parce que si cette Siv s'était conduite envers lui de la même manière que Mam, je n'aurais pas pu le supporter.

Siv était plus silencieuse que Mam, plus grave aussi.

Elle s'efforçait tellement de bien faire qu'elle donnait l'impression de vivre dans une angoisse perpétuelle. Pap représentait certainement à ses yeux quelqu'un de tout à fait remarquable, qui savait tout. Elle lui parlait avec une sorte de respect qui me donnait à tout instant envie de pouffer. Mais Pap s'en accommodait fort bien, comme si, tout naturellement, il s'estimait supérieur à nous. Comique !

Le premier soir, j'ai pu téléphoner à Mam. Vrai ! Vous vous rendez compte de la situation ? Avoir cette Siv et Pap derrière mon dos et entendre la voix gaie de Mam dans l'écouteur. Et j'avais l'impression d'être la seule à me sentir gênée.

J'ai demandé à Mam à quoi elle s'occupait. Il fallait bien dire quelque chose, n'est-ce pas ?

— Oh ! Je nettoie à fond, j'astique les carreaux et je vais poser des rideaux neufs aux fenêtres, a-t-elle répondu.

Ça ne sonnait pas très juste. Certes il valait mieux ne pas l'entendre gémir dans l'appareil, mais elle aurait pu dire, au moins, que nous lui manquions, Steffe et moi.

Malgré tout, ça ne marchait pas trop mal avec cette Siv. À vrai dire, nous ne nous adressions guère la parole, elle et moi. Cela passait toujours par Pap ou par Steffe. J'avais une peur bleue de me retrouver seule en face d'elle ; je n'aurais vraiment pas su que dire. Quand par hasard nous nous rencontrions à la cuisine, je demeurais figée sur place. Elle ne m'en voulait pas, je le savais, mais ne s'adressait jamais directement à moi. Pourquoi l'idée de rester seule en face d'elle m'angoissait-elle à ce point ? Par bonheur, Pap et Steffe étaient toujours là et ça facilitait bien les choses.

Un matin, éveillée de bonne heure, j'ai tout à coup pensé à Jonas. Depuis plus de quinze jours, je n'avais reçu aucune nouvelle de lui ; je ne savais même plus où il était : encore à Luléa, ou rentré chez lui ? Je lui avais envoyé une carte avant de quitter Marstrand pour lui donner ma nouvelle adresse, mais il ne m'avait pas répondu. Et quand je pensais à lui, c'était plutôt Teddy que je voyais, Teddy auquel je n'avais pas même dit adieu, dont j'ignorais totalement le lieu d'habitation, et qui s'intéressait à une autre que moi.

L'amour est le plus illogique des sentiments.

Ce matin donc, très tôt, je me suis levée et je suis sortie sans bruit.

Se promener seule de grand matin est exquis. Le monde vous appartient. J'ai marché, couru de-ci, de-là ; sous mes pieds nus, je sentais l'herbe humide. Un train a passé au loin. L'air était pur, limpide et silencieux. Je me suis installée sur la chaise longue de Siv et, par la fenêtre ouverte, j'ai entendu ronfler Pap.

Après quoi, je suis descendue me baigner. À peine arrivée au bord de l'eau, j'ai aperçu Siv.

Assise sur un rocher, à peu de distance, elle a eu le même sursaut que moi. Difficile, sinon impossible d'effectuer une retraite, bien que l'envie ne m'en ait pas manqué. Je me suis contentée d'un signe de tête et me suis assise sur place, alors qu'elle restait à la sienne.

J'ai tâté l'eau du bout du pied. Brr... ! J'en ai eu la chair de poule. S'était-elle baignée ou avait-elle passé la nuit ici, sur son rocher ? Pourquoi ?

Au fond, ça m'était bien égal. Mais pourquoi se trouvait-elle plantée là, à l'endroit même où je voulais me baigner ? Et pourquoi n'ouvrait-elle pas la bouche pour dire un mot ? Après tout, elle avait peut-être de la peine à me supporter, tout comme je ne pouvais pas la sentir. Oh ! Et puis tant pis !

Et nous sommes restées ainsi, chacune sur sa pierre, trempant silencieusement nos pieds dans l'eau. Plus haut, Pap dans sa chambre ronflait toujours. Charmant tableau d'intérieur !

— Tu ne m'aimes pas, n'est-ce pas ? a soudain demandé Siv.

Au moins, c'était une question franche et directe ! Impossible de trouver mieux. Que répondre ? Oui ? Non ?

J'ai haussé les épaules. À elle d'interpréter la réponse.

— Je suis très contente que tu sois venue, a-t-elle poursuivi.

J'ai acquiescé d'un vague sourire. Peut-être espérait-elle m'entendre dire que moi aussi j'étais heureuse d'être ici.

Ça non ! Je n'allais pas lui faire ce plaisir !

— Allons, je remonte préparer le petit déjeuner, pendant que tu prends ton bain, a-t-elle dit au bout d'un instant, juste au moment où j'ouvrais la bouche pour dire que... après tout, sans être particulièrement enchantée, je ne me déplaisais pas non plus ici. Mais déjà elle avait disparu dans les buissons, me laissant seule avec un vague regret au fond du cœur. Ne me demandez pas d'expliquer pourquoi, je n'en savais rien.

Et, précisément, ce matin si beau, si calme – je parle de l'heure avant ma rencontre avec Siv – est devenu d'un seul coup la plus sombre, la pire journée de toutes les vacances. La plus terrible de ma vie, peut-être !

Au courrier, il y avait une lettre de Jonas. Dès que j'ai vu son écriture, j'ai senti combien je l'aimais et j'étais tout heureuse. Dans ma chambre, la porte fermée, j'ai décacheté l'enveloppe.

Salut Madde,

J'ai bien réfléchi et j'ai décidé de rompre avec toi. Je veux te le dire avant de nous retrouver en classe, pour que tu saches à quoi t'en tenir. Nous restons bons amis, bien sûr, parce que je te trouve toujours aussi gentille qu'avant. Ton ami

Jonas.

J'ai dû lire et relire ces lignes au moins sept fois de suite avant de comprendre. Pas une minute je n'ai cru que c'était vrai. Les garçons affectionnent tout particulièrement ce genre de plaisanterie qui ne signifie rien !

J'ai retourné le feuillet, mais il n'y avait pas un seul mot au verso. Sur l'enveloppe non plus. J'ai même décollé le timbre pour savoir si la clé de l'énigme n'était pas cachée dessous. Rien !

Ce n'était pas une plaisanterie.

Mes mains tremblaient, je frissonnais. Je sentais comme un nœud dans ma gorge. J'aurais voulu crier, pleurer, faire un malheur, mais Pap et sa Siv risquaient d'entrer, et pour rien au monde je ne voulais me donner en spectacle à cette femme. Lui offrir ce plaisir ? Jamais ! Enfonçant la lettre dans la poche de mon jean, je suis sortie.

— À table ! Le café vous attend ! a crié Pap du fauteuil-relax où il était allongé, un livre à la main.

L'inexactitude aux heures des repas est ce qu'il déteste le plus au monde. Cette fois, je n'en ai pas tenu compte. Avec un vague signe de tête, j'ai couru me cacher au fond du bois, et là-bas, seule, j'ai donné libre cours à mes larmes. Je m'entendais moi-même gémir, sangloter. Le monde me faisait horreur. Jamais de ma vie je n'avais tant pleuré, pas même le jour où Pap avait quitté la maison. Mon chagrin, cette fois, n'avait aucun rapport avec les parents ou la vie en général. C'était mon affaire, qui ne concernait que moi. Ma catastrophe personnelle !

Être obligée d'affronter son malheur sans le soutien de personne, d'y faire face, c'est comme si quelque chose en vous mourait. Pire que cela, car loin de mourir, on vit, même si on ne le désire plus.

Couchée sur la mousse, j'ai pleuré longtemps. Puis j'ai entendu sonner la cloche. Ils me cherchaient, m'appelaient pour le déjeuner de midi. Je savais qu'avec Pap, il ne fallait pas manquer un repas. Je suis donc descendue dans la crique me passer de l'eau fraîche sur le visage, et j'ai essayé de reprendre mon calme. La cloche sonnait de plus en plus fort. Il fallait absolument rentrer, me retrouver en face d'eux. Naturellement, ils s'apercevraient tout de suite que je n'étais pas dans mon état normal et poseraient des questions... des questions à n'en plus finir.

— Ah ! Te voilà enfin ! s'est écrié Pap.

Rien qu'à ces mots j'ai eu envie de crier et de l'envoyer au diable.

— Nous ne sommes pas pressés, a vivement coupé Siv.

Facile à dire quand on a, comme elle, une vie heureuse et calme devant soi. Les yeux baissés sur mon assiette, j'ai frémi.

— De qui était cette lettre que tu as reçue ? s'est informé Pap.

— De Cessi, ai-je répondu.

Jamais plus le nom de Jonas ne pourra sortir de mes lèvres.

— Que s'est-il passé ? Elle est malade ? a poursuivi Pap de la même voix apaisante.

J'ai secoué négativement la tête et pris une tartine beurrée dans le plat.

— À table, on ne parle jamais de ses ennuis, a déclaré Siv soudainement.

C'était stupide de ma part de lui en vouloir, je le savais. Car au fond, elle cherchait à m'aider, à détendre l'atmosphère, je m'en rendais bien compte.

— Qu'en savez-vous ? ai-je crié. Les chagrins, la tristesse, ça ne vous regarde pas. Vous avez eu ce que vous vouliez, n'est-ce pas ? Attrapé celui qui vous convenait ? Laissez-moi tranquille avec vos histoires...

Et je suis sortie en claquant la porte.

Tout était de la faute de cette Siv. Naturellement. Sa faute, si Jonas m'avait laissée tomber, si Mam n'était pas partie en tournée, si Pap ne vivait plus avec nous, si Teddy avait disparu de ma vie. Tout était de sa faute ! Sa faute à elle, l'horrible créature !

J'ai entendu Pap qui m'appelait. Oh ! Il pouvait bien crier tant qu'il voulait. Jamais je ne resterais ici, avec eux. J'avais besoin de Mam, tant besoin d'elle ! Mam qui jamais ne posait de questions idiotes quand on était triste, Mam qui ne demandait pas d'explications.

Ma porte soudain s'est ouverte et quelqu'un est

entré. Je ne pleurais plus depuis un bon moment, mais je voyais mal à travers les mèches qui me tombaient sur les yeux. Si c'était Pap, j'allais éclater et lui dire une bonne fois ma façon de penser : qu'il était un rien du tout et elle une corneille de malheur !

Ce n'était pas Pap, mais Siv. Sans bruit, elle s'est glissée dans ma chambre, a très doucement refermé la porte et s'est assise dans le petit fauteuil de rotin, près de la fenêtre. Il craquait à chacune de ses respirations.

Je me sentais ridicule après le cirque que j'avais fait. Siv, assise, gardait le silence. Le fauteuil craquait toujours.

Rouge, épuisée, je suivais le rythme de ces craquements, essayant de m'y adapter : c'était bien la première fois que je m'efforçais de respirer comme un fauteuil de rotin. Pour un peu, j'en aurais ri, sans pour cela me sentir moins en colère.

Au fond, j'étais surtout complètement à plat ; je me laissais aller, bercée par ce petit bruit monotone ; les yeux mi-clos, j'avais l'impression de me balancer dans un hamac. Et puis, tout à coup, il m'a semblé être assise sur une fourmilière. J'avais des démangeaisons partout et envie de me gratter.

Siv, toujours silencieuse, se balançait sur son fauteuil. Et puis, brusquement, elle s'est mise à parler. De ses parents. Comme si ça pouvait m'intéresser !

— Oui, j'ai été élevée très sévèrement et mes parents ont difficilement admis mon départ pour Stockholm, il y a quelques années. Quand je leur ai parlé de Martin et de moi, ils ont été horrifiés et n'ont rien voulu entendre. Et quand ils ont appris que Martin divorçait à cause de moi, ils m'ont simplement renvoyé mes lettres non décachetées. J'ai essayé de leur téléphoner, ils ont aussitôt coupé la communication. Jamais plus, ont-ils dit, je ne franchirais le seuil de leur maison. Ma mère m'a écrit à plusieurs reprises pour me dire que je regretterais et paierais cher le trouble et le malheur que j'apportais dans votre famille. Une femme qui fait ainsi du mal à une autre n'a pas d'excuses, et cela ne peut se pardonner. Jamais, a-t-elle répété, jamais Martin n'entrerait chez eux et moi non plus. Ils ne voulaient plus me voir tant ils avaient honte de moi. En quoi est-ce si coupable d'aimer Martin ? Je n'arrive pas à le comprendre, a-t-elle murmuré très bas.

— Martin ?

Quand Siv parlait de Pap en l'appelant Martin, j'avais l'impression qu'il s'agissait d'un autre, d'un étranger. Pas de notre vieux Pap, mais de l'homme qu'elle aimait.

Jamais, ou presque, Mam ne s'adressait à Pap en l'appelant Martin. Toujours Pap : « Apporte ceci à Pap... Un peu plus de café, Pap ?... Madde et Pap, débarrassez-moi le plancher, s'il vous plaît, vous me gênez... »

Ici, il était Martin, celui qu'aimait cette fille assise devant moi dans le fauteuil de rotin qui craquait.

Et brusquement, cette catastrophe qui depuis des

mois assombrissait ma vie, m'est apparue comme une sorte de gros ballon qui se dégonflait peu à peu.

— Je sais que c'est très dur pour toi, a repris Siv. Car toi et moi, nous aimons Martin. Tu penses qu'il t'appartient et que je te l'ai pris, ce qui est vrai en un sens, même si je ne le veux pas. Mais pourquoi détester quelqu'un parce qu'il aime la même personne que vous ? Est-ce une raison suffisante ? Celui que tu aimes est précisément pour toi ce qu'il y a de meilleur au monde. Quoi d'extraordinaire à ce que d'autres l'aiment aussi ?

— Mais Pap nous appartient. Il est à nous, ai-je dit entre mes dents. Tu nous l'as pris et Mam reste toute seule.

— On ne « prend » jamais quelqu'un. Il s'en va de lui-même pour aller où il veut, a répondu Siv d'une voix calme. Je n'avais pas prévu ce qui arriverait. Je ne l'ai pas cherché, crois-moi, Madde.

— Si tu avais vu Mam, une fois seulement, tu n'aurais jamais pu lui faire tout ce mal, ai-je déclaré d'un ton tranchant.

— J'ai fait sa connaissance, je l'ai vue, a dit Siv, les yeux obstinément fixés sur ses mains, comme pour éviter mon regard.

Je l'ai dévisagée, stupéfaite. Elle avait l'air si jeune et troublée.

— Oui, nous nous sommes rencontrées une fois pour parler de Martin et nous expliquer franchement, ce qui a rendu les choses encore plus difficiles pour moi. Simplement, je ne comprenais pas ce que Martin pouvait trouver en moi, alors qu'il possédait une femme comme ta maman, aussi remarquable. Non, je ne comprenais pas et cela me troublait profondément. Mais elle affirmait que nous étions, lui et moi, faits l'un pour l'autre et que, de son côté, elle désirait reprendre sa liberté. Certes, elle conservait une grande affection pour Martin, mais le verrait partir sans trop de tristesse. J'ai essayé de rompre avec lui, mais il tenait à moi. Plus, il affirmait qu'il n'avait jamais tenu à personne. Il m'aimait et désirait vivre auprès de moi, ne plus me quitter. Et moi, de mon côté, je n'imaginais plus la vie sans lui. Mais pas au prix du malheur des autres. Cette pensée m'est insupportable et je ne peux en parler à personne. Tu es déjà grande, mais très jeune encore. Alors je me suis dit que, précisément à cause de ta jeunesse, tu pourrais peut-être me comprendre.

C'était curieux d'entendre Siv parler de sa catastrophe, sans trop savoir que lui répondre.

— Ce n'est pas à toi que j'en veux, ai-je murmuré.

J'ai aussitôt regretté ce que je venais de dire. Après tout, peu m'importait ce qu'elle pensait. Je ne lui en voulais pas et ne la haïssais plus. Singulier, vraiment ! Elle me faisait l'effet d'une fille malheureuse, très à plaindre, une fille avec une mère... un père qui...

— Cette lettre venait de ton petit ami ? a-t-elle demandé.

J'ai acquiescé d'un signe de tête.

— Il a rompu ?

À nouveau, j'ai fait oui de la tête.

— Sais-tu ce que m'a dit ma mère quand, à ton âge, j'ai connu la même déception avec un garçon ?

Une note de gaieté perçait dans la voix de Siv.

— « C'est gâcher sa tristesse, a déclaré ma mère. Cela n'en vaut pas la peine. Il ne manque pas de garçons au monde et tu en trouveras vite un autre. »

— Tu vois, a repris Siv, combien elle connaissait mal la vie. Comme si l'important était d'en trouver un autre... comme si tu pouvais trouver un autre Pap, aussi bon que le tien et moi un autre Martin. Non, pour celui ou celle qui reste seul, il n'existe pas de véritable consolation. Il faut se prendre en main et s'affirmer, sans avoir recours à d'autres. Si je ne devais plus vivre auprès de Martin, je préférerais rester seule ma vie durant, a-t-elle conclu d'un ton las. Jamais je n'ai pu expliquer cela à ma mère, elle ne peut pas, ou ne veut pas me comprendre. Elle préfère me rejeter.

J'ai pensé à Mam.

« Il faut toujours essayer de comprendre les autres, dit-elle souvent. Ne jamais les juger, car ils ont, pour agir, des raisons que nous ne connaissons pas. Et personne n'est sans reproche, ni assez sage pour se permettre de condamner sans appel les actes de son prochain. »

— Ta mère devrait parler avec Mam et lui demander conseil, ai-je dit.

Et aussitôt, je me suis souvenue que je m'étais juré de ne jamais échanger un seul mot avec cette Siv.

Elle m'a regardée, comme si elle cherchait à se représenter ce que pourrait donner un entretien entre nos deux mères et, soudain, elle s'est mise à rire. Le visage entre ses mains, elle riait, riait. Je n'ai pas pu m'empêcher de l'imiter. C'était vraiment extraordinaire de nous entendre rire ensemble, comme si nous étions les meilleures amies du monde. Puis, brusquement, Siv a repris son sérieux et poussé un gros soupir... de ceux que l'on pousse après avoir bien pleuré.

— Ouf ! Ça fait du bien de s'expliquer une bonne fois, a-t-elle murmuré, le regard vague.

À ce moment la porte s'est entrouverte, laissant apparaître le visage inquiet de Pap.

— Vous riez toutes les deux ? a-t-il dit. De quoi ?

Nous avons échangé un regard, Siv et moi. « À toi de répondre, si tu le peux », ai-je songé.

Car je sentais confusément qu'il existait à présent un lien entre nous, une sorte d'entente.

— Oh ! Des bêtises qu'on ne peut pas raconter, a-t-elle expliqué d'un ton léger.

J'ai été contente de sentir que, pour elle aussi, notre conversation était un secret. Si elle avait eu le malheur de tout raconter à Pap, jamais plus nous n'aurions échangé une parole, elle et moi.

L'après-midi, nous avons nettoyé des fraises. Assises à la table de la cuisine, nous bavardions.

— Je n'ai pas oublié les moments affreux par lesquels j'ai passé quand celui que je croyais aimer m'a laissée tomber, a dit Siv. Je pensais en mourir. Et puis je me suis aperçue que, malgré tout, la vie continue et reprend ses droits. Au bout de vingt-quatre heures déjà, cela va un peu mieux. Le lendemain, on peut y penser sans fondre en larmes. Quelques jours après, c'est déjà lointain, un peu comme une blessure qui se cicatrise doucement.

De fait, elle avait raison. Le premier jour, chaque fois que je pensais à Jonas, je pleurais comme une Madeleine. Le lendemain, je lui en voulais, j'étais plus furieuse que triste. Je lui ai écrit quatre ou cinq lettres d'adieu que j'ai toutes jetées au panier. Puis j'ai commencé une longue missive pour Cessi, je lui ai tout raconté ; je me suis soulagée pendant huit pages. Ce même soir, j'ai pris le billet de Jonas pour le relire, bien que sachant par cœur ce qu'il disait. Je l'ai froissé et lancé loin de moi sans même y jeter un coup d'œil.

Les jours suivants, j'ai de moins en moins pensé à lui. Un petit pincement au cœur de temps en temps.

Après quoi, j'ai de nouveau longuement écrit à Cessi en réponse à une grande lettre d'elle, arrivée le matin même. Impossible de raconter tout ce que je lui disais, mais je me souviens, mot pour mot, de mon post-scriptum, vous savez, ce qu'on oublie de dire et qu'on rajoute à la fin.

P.S. — *Siv me fait vraiment de la peine. Elle a une mère abominable. Je te le raconterai quand nous nous reverrons. C'est écœurant quand les mères veulent tout régenter et organiser la vie de leurs filles comme elles l'entendent. Il n'existe pas de loi qui autorise les parents à choisir les amis de leurs enfants : celui-ci et pas celui-là. Nous en parlerons. Ce sera formidable de se revoir ; j'en ai assez de ces éternels griffonnages. Au cas où tu verrais Jonas avant moi, ne le salue pas de ma part.*

Baisers

Madde.

L'été ne dure pas toujours. Bien sûr on le regrette, mais pas tellement. Rentrer chez soi, retrouver sa chambre, ses affaires, ses disques, fourrager dans ses tiroirs, téléphoner à Cessi..., ce n'est pas si mal !

La rentrée des classes ensuite, où l'on se retrouve, chacune la même et pourtant un peu changée.

Vous ne le croirez pas, mais ô stupeur, Please arborait une magnifique coiffure, épais chignon et cheveux lustrés. Des rires étouffés ont salué son entrée car nous n'avions pas oublié ses misérables petites queues-de-rat.

— Oui, parfaitement, j'ai une perruque ! a-t-elle déclaré en s'installant à son bureau. Je ne pouvais plus me souffrir avec ces horribles mèches grisonnantes et je me trouve bien mieux comme ça. Et maintenant : « Shut the window, plea... ease. »

Les professeurs seraient-ils moins rétrogrades qu'on ne le pense ?

J'avais vraiment très peur de revoir Jonas. Amis, nous devions rester amis ! Comme si c'était possible. Et pourtant, Mam et Pap restaient bons amis !

Le premier jour, je ne l'ai pour ainsi dire pas vu. À la maison, Mam s'est informée de ce qui s'était passé. Elle savait naturellement que tout était fini entre nous, mais se demandait comment j'avais supporté cette première rencontre.

— On a téléphoné pour toi en ton absence, a-t-elle dit. Quelqu'un qui n'était pas Jonas.

J'ai senti trembler mes jambes à tel point que j'ai dû m'asseoir.

— Teddy ? ai-je murmuré.

— Tout juste, tu as mis le doigt dessus, a répondu Mam avec un sourire. Figure-toi qu'il habite Uppsala. Il a appelé de là-bas et te rappellera un peu plus tard.

De fait, au milieu du repas, la sonnerie du téléphone a retenti. Je me suis précipitée à l'appareil.

— Allô ? ai-je dit d'un ton incertain, tout en m'asseyant sur un tabouret.

— Madeleine ? a demandé une voix à l'autre bout du fil.

J'ai compris tout de suite qu'il s'agissait de Teddy, et j'ai murmuré un tout petit « oui ».

Un grand silence.

Il voulait uniquement entendre le son de ma voix, a-t-il expliqué. Et puis..., la distance entre Uppsala et

Stockholm n'était pas bien grande. Mais aujourd'hui, il tenait simplement à savoir si j'étais rentrée, si j'existais encore...

Sur quoi nous avons raccroché. Plutôt mince comme entretien, j'en conviens, mais les communications de ville à ville sont chères et, pendant nos longs silences, j'entendais le déclic du compteur.

Je ne me souviens plus de la manière dont s'est déroulé le reste de la soirée. Mam a dû partir pour le théâtre et Steffe a tout bouleversé pour retrouver un livre dont il avait besoin. Cessi a téléphoné, je crois, pour savoir si j'avais vu Jonas et ce qu'il m'avait dit.

Je pensais à Teddy, à lui seul, sans illusion ni fausse joie. Surtout, il ne fallait pas imaginer qu'il tenait réellement à moi. J'avais une peur bleue de me laisser reprendre au piège, pour repasser ensuite par les mêmes angoisses. Il avait simplement voulu m'entendre, savoir si j'étais là, ce qui ne signifiait nullement qu'il était amoureux de moi. Et pourtant ?... Peut-être...

Supporter une nouvelle catastrophe ? Non, jamais ! Fasse le Ciel que cela me soit épargné. En tout cas, plus de ces grandes catastrophes, qui font si mal !

À y bien réfléchir cependant, c'est une catastrophe aussi que de n'aimer personne. Même si ça fait mal, on ne peut pas vivre sans amour. Et souffrir un peu n'est pas si pénible, au fond. Au moins, on vit !

À tout prendre, une catastrophe n'est pas forcément un vrai grand malheur. Même si on le croit, au début.

Et en y réfléchissant, peut-être suis-je moi-même une catastrophe... pour Teddy par exemple, ou même Jonas. Je frémis rien que d'y penser. Pour rien au monde je ne voudrais abandonner quelqu'un qui tient à moi. Je désire que tous ceux que j'aime, mes amis surtout, ne se sentent jamais trop seuls.

« Seule, tu l'es malgré tout, dit Mam. Mais il faut s'habituer à sa solitude, l'envisager sans crainte et en tirer profit. Surtout ne pas rester les bras ballants à attendre que les autres viennent te chercher et s'occupent de toi. C'est ton affaire. Il faut apprendre à s'assumer. »

Bon ! C'est entendu. Je m'assume. Et, pour commencer, je vais m'atteler à mon devoir de maths pour demain. Pouah ! Est-il rien au monde de plus odieux que les maths ?

Auparavant, je vais faire un tour à la cuisine, m'octroyer un solide sandwich au fromage de gruyère. Il n'existe rien de meilleur au monde..., sauf les têtes-de-nègre, évidemment.

Anna-Greta Winberg

Anna-Greta Winberg est née à Stockholm en 1920. Secrétaire à la Radio suédoise en 1945, elle quitte cette fonction cinq ans plus tard pour se marier. Divorcée en 1960, elle gagne sa vie en écrivant pour la radio et les magazines des nouvelles, des articles et des reportages sur la famille et les rapports adultes-enfants. Elle s'est remariée en 1965 avec Jean Winberg, qui est pédiatre. Anna-Greta Winberg a deux enfants, un garçon et une fille.

TABLE

Si vous avez aimé ce livre, vous aimerez aussi dans la collection Le Livre de Poche Jeunesse :

Je ne veux plus jamais avoir 13 ans
Patricia Bullit
Le journal intime, aigu et bouleversant, d'une adolescente ordinaire dans les années 60.
12 ans et +
N° 661

Aurélien Malte
Jean-François Chabas
En prison depuis treize ans, Aurélien Malte écrit à Anne, visiteuse de prisons, des lettres qu'il ne lui enverra pas. Il y raconte la violence de la vie en prison et la rédemption par la culture et par l'amour qu'elle lui inspire.
12 ans et +
N° 745

Parvana, une enfance en Afghanistan
Deborah Ellis
Traduit de l'anglais (américain) par Anne-Laure Brisac
Parce que son père a été fait prisonnier par les talibans, Parvana brave l'interdiction faite aux femmes de sortir dans les rues de Kaboul sans être accompagnées par un homme. Habillée en garçon, elle part travailler au marché afin de rapporter chaque jour de quoi nourrirr sa mère et ses sœurs. Mais le danger est grand qu'on l'identifie, et Parvana risque très gros...
11 ans et +
N° 779

Gandhi, une âme pour la liberté
José Féron Romano
En collaboration avec Judith Abehsera
Comment Mohandas Karamchand Gandhi, né en Inde en 1869, devint le Mahatma, la "Grande âme", farouche défenseur de la non-violence et père de l'Inde moderne.
12 ans et +
N° 656

Le Grand Meaulnes
Alain-Fournier
Adolescent réservé et mystérieux, le jeune Augustin Meaulnes tombe éperdument amoureux d'une inconnue. Il n'aura de cesse de la retrouver.
12 ans et +
N° 1123

Un toit pour nous trois
Jackie French Koller
Traduit de l'américain par Jean-Jacques Pédussaud
Anna dissimule la vérité à tout le monde : leur mère vient de mourir. Il faut alors masquer la détresse, mentir pour rester unis. Car qui voudrait de trois enfants, âgés de un, cinq et quinze ans ? Mais combien de temps peut-on cacher un tel secret ?
12 ans et +
N° 642
Prix Plaisir de lire du Salon de Jeunesse d'Auxerre 2000

L'envers du décor
Gudule
L'envers du décor, c'est la rue, qui recueille tous les exclus de la société. Le petit Félix et sa mère y connaîtront la misère, la honte mais aussi l'espoir et la solidarité.
12 ans et +
N° 564

La vie à reculons
Gudule
Thomas est devenu séropositif à la suite d'une transfusion sanguine. Un jour, tout le collège apprend son secret, et c'est le drame.
12 ans et +
N° 509
Prix Ados de la ville de Rennes 1996
Prix des collégiens de la ville de Vannes
Prix Martinique du Livre de Jeunesse

Cassiopée, L'été polonais
Michèle Marineau
Au lieu d'aller dans le camps de vacances choisi pour elle par ses parents, Cassiopée part rejoindre son oncle à New York, sans savoir que, là-bas, une rencontre va bouleverser sa vie.
12 ans et +
N° 669

Cheval gagnant
Jean-Paul Nozière
Marco souffre d'une maladie incurable, la peur. Le jour où sa vieille jument, elle-même dans de sales draps, devient l'enjeu d'un concours hippique, il doit se surpasser.
12 ans et +
N° 754

Le mal dans la peau
Brigitte Peskine
Arrêté pour recel de drogue, Richard est pris dans un engrenage qui le conduira jusqu'en prison. Récit à deux voix où se croisent l'adolescent et son éducatrice.
12 ans et +
N° 715

Enfance et adolescence
Léon Tolstoï
Traduit du russe par E. Halpérine
Nicolas vit heureux dans la grande propriété familiale. Son père lui annonce qu'il l'emmène avec son frère à Moscou pour préparer leur entrée à l'université. Il quittera sa mère et l'enfance pour affronter une vie qui lui est étrangère.
12 ans et +
N° 1147

Les pierres du silence
Jacques Vénuleth
Miyasa ne parle plus mais se confie à son journal intime. Elle essaie de renouer avec le fil de sa vie, de comprendre le drame qui l'a brisé : être Palestinienne en Israël.
12 ans et +
N° 527
Prix du roman du Ministère de la Jeunesse et des Sports 1994

Un match pas comme les autres
Rich Wallace
Traduit de l'américain par Marianne Costa
Une fille empêcherait-elle les deux meilleurs attaquants de l' équipe de Sturbridge de remporter la victoire du championnat de football ?
12 ans et +
N° 652

Une amie d'enfer
Jacqueline Wilson
Traduit de l'anglais par Shaïne Cassim
Robes roses et nattes de bébé, son accoutrement vaut à Mandy d'être le souffre-douleur de l'école. Jusqu'au jour où Tanya la prend sous son aile.
12 ans et +
N° 683

Composition JOUVE - 53100 Mayenne
N° 308232
Imprimé en Italie par G. Canale & C.S.p.A.-Borgaro T.se (Turin)
Septembre 2003 - Dépôt éditeur n° 39010
32.10.2045.6/02 - ISBN : 2.01.2045.6
Loi n° 49-956 du 16 juillet 1949 sur les publications destinées à la jeunesse
Dépôt légal : septembre 2003